존경하고 사랑하는 남편을 추모하며

오늘은 당신이
참 보고 싶은 날이네요

존경하고
사랑하는 남편을
추모하며

오늘은 당신이 참

보고 싶은 날이네요

보리 지음

아마존북스

생의 마지막까지
환자만을 위한 진정한 명의

한의학 박사 양기호

한의학 박사 양기호는 24년간 '양기호 한의원' 원장으로 수많은 환자의 건강을 지켜왔다. 명지대학교 전자공학과 학사, 한양대학교 경영대학원 수료 후 원광대학교 한의예과에 다시 입학해 한의사로서의 미래를 준비했다.

원광대학교 한의예과 졸업 후 동신대학교에서 석·박사 학위를 취득해 명실공히 전문 의료인으로서 입지를 다졌다. 실력과 인성을 겸비한 진정한 명의로 인정받으며 순천시한의사협회 회장 및 전남한의사협회 수석부회장을 역임했으며, 초록우산 어린이재단 전남후원회 부회장을 역임하며 어려운 이웃을 돕는 일에도 앞장서 왔다.

2015년 췌장암 선고를 받고 고통스러운 항암치료를 견디며 삶에 대한 의지를 불태웠다.

온몸의 기력을 잃어가는 상황 속에서도 끝까지 열정적으로 환자 진료에 매진하다 2018년 9월 4일 불꽃 같은 생을 마감했다.

순천성동초등학교 졸업

순천삼산중학교 졸업

순천매산고등학교 졸업

명지대학교 전자공학과 졸업

정교사 자격증 취득

무선설비2급자격증(76년) 취득

전자기사2급자격등(77년) 취득

서울 소재 고등학교 수학교사 1년 재직

한양대학교 경영대학원 수료

원광대학교 한의예과 졸업

1994년 양기호 한의원 개원

1998년 순천시한의사협회장 역임

1999년 순천 KBS 라디오 방송자문위원 위촉

2005년 동신대학교 석사학위 취득

2007년 동신대학교 박사학위 취득

2008년 순천강남여자고등학교 운영위원장 역임

순천시한의사협회 회장 역임

전남한의사협회 수석부회장 역임

초록우산 어린이재단 전남 후원회 부회장 역임

순천경찰서 청문분과위원장 역임

순천경찰서 행정발전위원 역임

순천 KBS 라디오 상담 프로그램 출연(20년)

순천청암대 한방간호학과 출강(외래교수 6년)

양기호 박사님께
제가 많이 배웠습니다

　　　　　　　　　서울대학교 병원에서 근무하는 이상협입니다.
양기호 원장님을 추억하고 추모하는 책의 추천사를 드릴 수 있게
되어 매우 영광스럽게 생각합니다.

　제 전공이 가장 치료가 어렵다는 췌장암과 담도암이다 보니 언
제나 제 실력의 한계를 많이 느낍니다. 공부한다고 하지만, 명쾌히
설명 못 하는 부분도 많고 만족스러운 치료 결과를 드리지 못하는
경우도 있습니다. 더구나 우리나라 진료 현실상 한 분 한 분 다정
하게 그리고 찬찬히 보지 못하다 보니 저에게 몸을 맡기신 분이 무
슨 일을 하시는지, 어떤 성품을 가지셨고, 어떤 인생을 살아오셨는
지 잘 모르고 기계적인 관계로 만나는 경우도 많습니다. 환자를 질
병으로 보지 말고 인간으로 봐야 한다고 배웠지만, 실상 그러지 못

하고 있습니다.

그러다 보니 제게 오시는 분들 중에는 제가 하는 진료에 만족하지 못하시고 가족이나 지인들이 권하는 여러 치료 방법과 본인이 생각하는 치료의 방향이 저와 맞지 않는다고 불편해하시는 분도 종종 만나게 됩니다. 우리나라 의료의 현실적인 표준 진료보다는 그 외의 부분에 의지하시고 제 의견을 따르지 않아 저와의 관계 설정이 어려워지는 경우도 생기게 됩니다. 물론 몸이 힘드셔서 그러시겠지만, 본인 스스로 병을 판단하여 치료방침을 주장하시고 의사에게 동조하기를 요구하시는 경우가 많아서 제가 곤혹스러운 상황에 부닥치기도 합니다.

2015년 봄에 양기호 박사님을 처음 뵈었던 것으로 기억합니다. 서울대학교 병원에 3년이 넘게 몸을 맡겨주셨고, 그 기간 중 제가 직접 담당한 건 2년 남짓 되는 것 같습니다. 언제나 그랬듯이 처음에는 양기호 박사님이 무슨 일을 하시는지도 몰랐고, 어떤 인생을 사셨는지도 몰랐습니다. 말씀도 없으시고 본인의 상황에 관해서 묻지도 않으시고 조용히 진료를 받기만 하셨습니다. 다만, 기억나는 것 중 몇 가지만 꼽아보자면 첫 번째는 회진을 돌며 잠깐씩 뵈었을 때 무엇인가를 계속 공부하고 계셨다는 것이었고, 두 번째는 제가 의논드리는 치료 방향에 대해서 단 한 번도 의문이나 불만을 표하시지 않고 제게 무한한 신뢰를 보여 주신 것이었습니다.

나중에 알게 된 사실이지만, 양기호 박사님은 한의학 박사로 특히 침술에 관해서는 독보적인 위치에 계셨던 전문 의료인이셨습니다. 당연히 본인이 투병 중인 질환에 대해서 충분한 지식을 갖추고 계셨고, 비록 분야는 달랐어도 저를 같은 전문가로 대우하고 존중해 주셨습니다. 그렇기에 단 한 번도 본인의 의견을 내세우시는 일 없이 묵묵히 제 의견에 동의해 주셨다고 생각합니다.

　　또한 본인의 영역에서 남다른 사명감을 가지고 환자 돌보는 일에 매진하시느라 힘든 항암치료 중에도 항상 공부하셨던 모습은 제가 진정한 전문가가 되기 위해서 따라가야 하는 좋은 본보기가 되었습니다. 그래서 돌이켜 보니 제가 양기호 박사님을 치료한 게 아니라 오히려 제가 양기호 원장님께 정말 많이 배운 시간이었다고 생각합니다.

　　이 책을 통해 저도 미처 알지 못했던 양기호 박사님의 참모습을 알게 되고, 제가 느꼈던 깨달음을 다시 한 번 마음속에 되새기게 될 것 같습니다.

　　양기호 박사님! 제가 많이 배웠습니다. 감사합니다.

2019년 7월
서울대병원 소화기내과
이상협 교수

"100명 중에
저만 남았어요"

작은 체구지만 환자 치료에 대한 열정과 강한 정신력에서는 거인의 면모를 보이셨던 양기호 원장님께서 침을 놔주시면서 하신 말씀이다.

"서울대병원에서 췌장암 치료를 같이 받던 환자 100명의 동기 중 모두 죽고 나만 남았는데, 의사진단에 따르면 나도 이미 저세상 사람이어야 하는 거지요."

환자를 진료하실 때는 말씀이 없으시고 단지 미소로만 응대하셨지만, 설명이 필요하면 아무리 바빠도 환자와 보호자까지 부르셔서 하나하나 자세히 설명해 주시는 등 온 정성을 다하셨다. 투병하시는 동안 갈수록 수척해지시고 식사도 제대로 못 하시는 최악의 상황에서도 환자 진료에 대해서만은 열정적으로 자신을 불사르셨던 '명의 중의 명의'셨다.

양 원장님과의 인연은 25년 전으로 거슬러 올라간다. 그 당시 근무하던 간호대학의 제자 중에서 유난히 불면 날아갈 것 같은 여린 체구에, 간호학보다는 책 읽고 글쓰기를 좋아하는 문학소녀였던 최명희(양기호 원장 부인) 님이 찾아왔다. 결혼식에서 주례 서주실 분을 부탁하기에 당시 매곡동 성당의 사목회장으로 신앙의 표본이셨던 이재근(옥타비아누스) 순천대학교 교수님을 소개했었다. 그 이후로 양 원장님은 우리 가족의 주치의로서 든든한 버팀목이 되어 주셨다. 아이들 성장기에 필요한 보약은 물론 운동하다 다쳤을 때, 가족들이 아플 때면 추나요법, 사혈, 지압, 다양한 침에 보약까지 총체적인 치료로 정성을 다해주셨다. 나에게 한의원을 소개받았던 지인들은 양 원장님께서 친절하게 치료해 주시고도 치료비까지 안 받으신다고 미안해했었다.

양 원장님과는 2001년부터 한국복지재단(현 초록우산 어린이재단)의 후원회원으로서 월 1회씩 모임을 해왔다. 한창 바쁘시거나 아프실 때는 못 오셨지만, 우리 모임에 대한 애정은 한결같으셨다.

임종 하루 전 중환자실에 면회 가서 모임 때 찍었던 사진을 보여드리며 기억하시겠냐고 여쭤보니 인공호흡기에 의지하시면서도 고개를 끄덕이셨다. 2017년 2월 마지막으로 참석하셨던 모임에서는 음식을 거의 드시지 못하시면서도 암 치료 체험담을 열심히 들려주셨고, "고생하는 집사람과 자녀들을 두고 차마 먼저 갈 수 없어서 죽을힘을 다해 버티고 있다."며 절절한 가족 사랑을 보여 주셨다.

늘 완벽을 추구하시고 자존심도 강하셨던 양 원장님은 투병 이후로는 당신의 약한 모습을 보이기 싫어하셨다. 한번 만나 뵙자고 거듭 요청해도 번번이 다음에 보자고만 하시더니 영영 가버리셨다. 지인들에게도 당신의 아픈 모습을 의연하게 드러내시고 사랑과 지지를 받으셨다면 훨씬 쾌차에 도움이 되었을지도 모른다는 생각에 아쉽기만 하다.

뵙지 못하는 아쉬움은 간간이 메시지를 드리는 것으로 마음을 다했었다. 원망이든 회한이든 맺힌 것들은 체면 생각지 마시고 큰 소리로 펑펑 울며 실컷 풀어 보시라고. '눈물은 치유'라고. 코미디나 해피엔딩인 영화도 보시면서 실컷 웃어 보시라고. 지난 세월 중에서 생각만 해도 입가에 미소가 찾아드는 즐거웠던 추억들을 자꾸 회상해 보시라고. '웃음은 신이 주신 가장 위대한 선물'이라고. '치료는 의사가, 간호는 간호사가, 회복은 환자 자신의 몫'이라고……

요즘도 한의원 앞을 지나칠 때면 안에서 열심히 치료하고 계실 것만 같고, 이 세상에 안 계신다는 것이 실감이 나지 않는다. 지인들은 하나같이 아까운 분이 가셨다고 아쉬워하고 있다. 지금은 시공간을 초월한 하늘나라에서 심신의 고통 없이 편하게 쉬고 계실 줄 알지만, 현세에 남아있는 우리로서는 희로애락을 함께 할 수 없음에 안타까울 뿐이다. 하지만 너 나 할 것 없이 순서는 다르겠지만 서로 인연이 되었던 우리들의 영혼들은 다음 세상에서 또 만날 것이고, 언제나 원장님이 생각날 때면 그 순간 함께하신다는 것을 믿기에 애써 아쉬움을 달래본다.

먼저 가신 양 원장님에 대한 사랑의 끈을 놓지 못하고 힘들어하시는 최명희 사모님께 글쓰기 좋아하는 재주 살려서 원장님을 기리는 글을 써보라고 했었는데, 책으로 출간된다니 진심으로 축하드립니다. 양기호 원장님도 미소로 함께 하실 줄 믿습니다.

2019년 7월
청암대학교 간호학과
오미성 박사 / 지도 교수

환자만을 생각한
진정한 명의

양기호 한의원과 인연을 맺게 된 것은
딸 또래의 지인을 통해서다. 그 지인은 자기 아이들이 감기에 걸려
도 양기호 한의원에 침을 맞으러 간다고 했다. 병원에 가서 주사
맞고 약 먹이는 것보다 침 맞는 것이 치료가 더 빠르다고 했다. 또
어떤 지인은 허리가 너무 아파서 남편 등에 업혀서 양기호 한의원
에 들어갔는데, 나올 때는 똑바로 걸어서 나왔다면서 입만 열면 양
원장님 칭찬을 했다. 그 두 지인은 똑같이 침을 여러 번 맞아도 다
른 한의원처럼 한약 지으라는 강요가 없기에 마음 편하게 다니노
라고 자랑했다.

나도 몸이 좋지 않아서 여기저기 한의원을 많이 다녔었는데, 사
람들이 워낙 좋다고 하기에 양기호 한의원에 한번 가보게 되었다.
다른 한의원에서는 아프다는 부위에 침을 놓았는데 양 원장님은

침놓으시는 방법이 달라 여쭤봤더니 병의 근원을 찾아 놓는다고 하셨다. 그래서 때로는 환자들이 오해하는 경우도 있다고 하셨다. 내 남편도 나를 따라 양기호 한의원에 다니고부터는 원장님이 침을 너무 잘 놓는다고 조금만 아파도 무조건 한의원으로 가곤 했다. 그렇게 양 원장님은 내 남편의 주치의가 되었다.

양 원장님은 약을 병행해서 치료하면 더 빠를 텐데도 환자들의 형편을 더 마음에 두어 약을 먼저 권하는 법이 없었다. 환자가 먼저 한약을 지어달라는 말을 하지 않는 한 한번도 권한 적이 없다. 2017년에 남편이 아파서 서울에 있는 병원에 입원한 적이 있었는데, 그때도 남편은 "빨리 순천에 내려가서 양 원장님께 침 맞으면 나을 텐데." 하고 입버릇처럼 말했다.

양 원장님은 본인도 환자이면서 언제나 환자를 성심성의껏 치료해 주셨다. 순천이 품기엔 너무나 크고 아까운 인재라는 생각에 아쉬움이 컸다. 원장님이 가시고 평소 내가 동생같이 여기던 사모님이 얼마나 쓸쓸하고 외로울까 걱정이 돼 가끔 위로의 전화를 했었다. 또 그런 그리움과 외로움을 사모님이 가지고 있는 언어적 감수성을 바탕으로 글로 남겨보는 게 어떻겠냐고 권유했었다. 그렇게 해서 탄생한 글들이 책으로 출간된다고 하니 너무나 기쁘고 축하드리는 마음에 훌륭한 인품을 가지셨던 원장님을 추억하고 추모하며 펜을 들게 되었다.

원장님은 자랑스러운 남편, 자랑스러운 아빠로 잘 살다 가셨으니 남아 있는 가족들이 꿋꿋하게 슬픔을 이겨낼 수 있도록 하나님께서 도와주시기를 간절한 마음으로 기도하며 글을 맺는다.

2019년 7월
윤희옥(전직 교사)

불러야 할 노래가 있다면
지금 부르십시오

양기호 원장님 사모님은 양 원장님이 천국으로 가신 후 그립고 보고 싶은 마음을 다스리지 못해 슬픔에 잠겨 하루하루를 보내고 계신다. 자주 산소에 가서 원장님과 이야기를 나누고, 밤이면 사진을 끌어안고 주무신다고 하셨다.

아픔의 동굴을 지나 성숙한 열매를 맺으려고 하는 것일까? 평소 글쓰기를 좋아하는 사모님은 원장님과 함께했던 시간, 한의원을 운영하면서 있었던 일 등을 책으로 출판할 것이라고 하셨다. 목사인 스펄전의 시 중에 '불러야 할 노래가 있다면 지금 부르십시오'라는 대목이 생각났다. 지금 쓰고 싶은 마음이 있을 때 쓰시라고, 잘하셨다고 응원해 드렸고 내심 기대가 되었다. 훌륭하게 살다 가신 원장님의 이야기를 담은 이 책에 한 페이지라도 함께 할 수 있다는 것이 너무나도 감사하다.

원장님 내외분과 같은 아파트 위아래 층에 살면서 따뜻한 이웃으로 20년 가까이 정을 나누며 지냈다. 양기호 원장님은 돈보다는 환자가 먼저라는 원칙으로 언제나 양심적으로 치료하셨다. 되도록 약 대신 침으로 병을 고치려고 하셨고, 뛰어난 침술 덕분에 한의원에는 늘 환자들이 줄을 섰다. 또 형편이 어려운 분들이나 어르신들은 무료로 치료해 주시면서 의술과 인성을 겸한 진정한 명의로 이름을 알리셨다. 안타깝게도 원장님께서 너무 빨리 천국으로 가신 일은 원장님께 치료받기를 원하고, 원장님과 좋은 인연을 맺었던 분들에게는 너무 가슴 아프고 슬픈 일이다.

두 분은 부부로서 비록 표현은 서툴렀어도 서로를 아끼고 신뢰하는 마음, 애틋한 감정은 그 누구보다도 깊었다. 특히 사모님이 원장님을 사랑하는 마음은 감동을 자아낼 정도였다. 원장님이 암 선고를 받고 수술과 항암치료를 받으셨을 때 피곤함도 잊으신 채 잠시도 곁을 떠나지 않으셨다. 간병인에게 맡길 수 없다고 하셨다. 매일 아침 일찍 무언가를 콩콩 찧는 소리가 났다. 원장님 식사를 정성으로 준비하시는 소리였던 거다. 남편이 나을 수만 있다면 어떤 일도 할 준비가 되어 있다며 최선을 다하셨고, 작은 체구에 초능력이라도 발휘되는 것처럼 밤낮으로 애쓰셨다.

나보다 남을 먼저 걱정해 주시고 환자를 사랑으로 치료해 주신 원장님의 이야기가 책으로 출간된다고 하니 기대가 크다. 원장님의 이야기가 많은 사람에게 따뜻한 감동을 선사할 수 있기를, 또 가족 간의 사랑에 대해서 한 번 더 생각해 보는 계기가 될 수 있기를 바라본다.

2019년 7월
순천병원 수간호사
김은아

그대, 이제 바람처럼
자유로워지기를……

존경하고 사랑했던 내 남편 기호 씨.

뒤돌아보면 당신과 함께했던 시간이 한낱 꿈처럼

찰나의 순간처럼 너무나 짧게만 느껴집니다.

매 순간 너무나 그립고 보고 싶은 기호 씨.

세상에 아깝지 않은 생명 없다지만

아깝고 또 아까운 내 남편.

당신과 하고 싶은 일도, 가고 싶은 곳도 많았는데

뭐가 급해 그리 일찍 떠나셨나요.

그 누구보다 투철한 사명감으로 환자 한 명 한 명에게

책임을 다하는 의사이자, 열심히 투병하는 환자로서

치열한 삶을 살았던 당신.

어려운 이웃에게는 아낌없이 베푸는 삶을 살며
당신 자신과 가족에게는 한없이 엄격했던 한의사 양기호는
이제 갈대밭의 자유로운 바람이 되었습니다.

3년 3개월 남짓의 투병 생활을 도왔던 내 손 한 번
따뜻하게 잡아준 적 없던 냉정한 사람이었지만,
그런 당신 또한 내 우주였고 내 전부였습니다.

투병 중에도 몸을 아끼지 않고
환자를 돌보며 심신이 지쳐 있었던 당신.

그런 당신이 스트레스를 이기지 못해 화를 낼 때면 잠시 쉬어가기를 권했지만, 그런 삶은 아무런 의미가 없다며 단호하게 거절했었죠.

당신의 빈자리는 누구도 채울 수 없다고, 당신을 잃은 슬픔은 견딜 수 없을 거라고 떼를 쓰며 고통스러운 치료를 받게 했던 나에게 당신은 이제 고단한 삶을 그만 정리하고 싶다고 말하곤 했습니다.

조금 더 붙잡고 싶었던 내 집착이 병든 몸으로 고생하던 당신을 더 많이 외롭고 힘들게 한 것 같아서 못내 가슴이 아픕니다.

나에 대한 사랑과 추억, 연민을 마지막 가는 길에 고이 안고 간

당신. 처음 만난 순간부터 마지막까지 당신의 마음속 깊이 우러나오는 사랑을 받았다는 것 잊지 않을게요. 믿고 의지할 수 있는 수호신이자 스승이었고, 참 의사였던 우리 기호 씨.

안녕, 진심으로 고마웠어요.

2019년 7월
당신의 유일한 사랑,
보리

차 례

	한의학 박사 양기호	4
추천사	양기호 박사님께 제가 많이 배웠습니다	6
	"100명 중에 저만 남았어요"	9
	환자만을 생각한 진정한 명의	13
	불러야 할 노래가 있다면 지금 부르십시오	16
프롤로그	그대, 이제 바람처럼 자유로워지기를……	19

Chapter 01 걸림없이 살 줄 알라

30 운명이 되어준 첫 만남	61 보리와 명바라
32 데이트를 하다	63 한의원 건물을 새로 짓다
34 수학이 싫었어요	65 나는 장사꾼이 아니다
36 담배 이야기	66 분가
38 한의원을 열고 싶어	67 이사를 하다
40 서른둘에 찾아온 사랑	68 3천만 원과 큰아들
42 내가 너 끝까지 지켜줄게	69 형님의 전화
44 결혼식	70 작은 행복
46 살림을 배우다	72 시부모님
48 적응	73 자궁암
50 독종	74 혈관성 치매
52 장미꽃 한 다발과 1백만 원	76 보리야, 넌 어릴 때 꿈이 뭐였니?
54 자식	78 형님과의 화해
55 음식 솜씨	80 남편의 금연
57 노래방과 경고	81 두 번째 경고
59 친구의 죽음	83 사람된 도리
60 자격증	

Chapter 02 운명 같은사랑

86 딸과 수학
88 독종 양기호
90 무심코 던진 돌
92 내 운명의 상대
93 한 번뿐인 인생
95 나 대학원 갈란다
97 아버님 잘 가세요
98 비밀
100 자식들과의 갈등
101 고등학생 딸들
102 박사 남편
103 무뚝뚝한 한의사
104 동네 아줌마
105 좌병우치 상병하치
107 나쁜 소문
108 요양병원의 꿈
110 한없이 작아지는 나
112 요양병원 꿈을 내려놓다
113 지척이 천리
114 대학생이 된 딸들
116 엄격한 원장님
118 속사랑

119 큰아들에 대한 사랑
121 마음이 따뜻한 어머님
123 어머님 검사
124 췌장 미부암
125 어머님 사랑해요
127 헛소문으로 올라간 건물
128 집에서 막걸리 한잔 어때
130 진료비
132 상속세 내세요
134 욕심
136 1천만 원의 사랑
137 순천의 허준
138 운전면허시험
139 도로연수
140 췌장염 증상
141 양기호 한의원
143 췌장 두부암
146 명희 아줌마
148 아버님, 어머님 보십시오
150 안녕하세요? 어머님
152 나의 사랑 나의 빛
    러블리마이마더에게……

Chapter 03 님아, 그 강을 건너지 마오

160 치료 시작

162 수술실 앞의 긴긴 기다림

163 복강 내 전이

165 포기는 없다

166 구차하게 살고 싶지 않아

168 퇴원

169 유지요법

170 아파트로 귀가하다

171 떠도는 말

172 다시 한의원 진료를 시작하다

174 앞으로는 더 강해져야 해

175 초음파 검사

176 폴피리녹스 치료

178 115 병동

179 기억

180 쓰러지다

181 악수

182 주말여행을 가다

183 인사를 하다

184 조카와 100만 원

185 2017년

186 마음 다스리기

188 여전히 주말이면 내 기사 노릇

189 간으로의 전이

191 한의사로서의 사명감

193 자존심

195 뭣이 중헌디

197 오해를 풀다

Chapter 04 나는 너 믿는다

200 항암치료에 지치다

202 가을과 겨울

203 2018년

204 기호 씨가 아픈 거예요

206 내가 강해져야 한다

207 완벽한 존재

208 친정아버지

209 자기는 강한 사람이잖아

211 정 떼고 갈란다

212 1침, 2뜸, 3약

213 좋은 사람

214 아직 포기할 때가 아닙니다

216 새로운 항암치료

217 우선 순위

218 갑질 환자

220 나의 선생님

221 마음의 병

222 고맙단 말 왜 안 해

224 고집쟁이 양기호

225 마지막 만남

226 가을에 가고 싶다

228 휴대폰을 바꾸다

230 양기호에 매달려

232 이젠 내가 다 가르친 것 같아

234 이마와 눈에 입술을 대다

236 기호 간다!

237 안녕, 내 사랑

239 장례식

241 어떤 사람들

242 감사합니다

Chapter 05 못다 준 사랑만을 기억하리라

250 불면증이 찾아오다

251 가족관계부

253 49재를 선암사에서 지내다

255 마지막 열정

256 남편의 편지

258 나에게 과분했던 사람

259 명바라 효과

260 공허함을 보다

261 그 사람의 영혼을 만나다

263 병든 마음

265 묻고 싶다

266 양기호가 내 남자

267 동행의 나날들

268 소문

269 흔들리지 않겠다

270 당신이 그리워지는 날

271 나만 믿고 따라와

272 소중한 가족

273 명순 여사

274 최가수

275 운명적 만남

276 국밥

277 이제 조언할 사람이 없다

278 빈자리

279 사무치는 그리움

280 자식 걱정

281 단 하나의 사랑

282 작별인사

284 진짜 이별

286 한의원

Chapter 06 너랑 나랑 진정한 사랑하는 거다

290 내 인생의 진정한 고수

291 고마운 직원들

292 잊었던 기억

293 위로를 받다

294 후회

295 인성이 먼저다

297 생로병사

298 좋은 환자와 좋은 의사

299 스트레스

301 반짝이는 별처럼 남편이

　　 늘 곁에 있어요

303 마음의 빚

304 벚꽃 때문에 눈이 부셨다

305 예감

306 슬픔은 나누면 반이 아니다

307 비 오는 날

308 무소의 뿔처럼

309 떠난 뒤에야 안 것들

310 삶에 대한 희망

311 웃는 거 잊었어

312 하트 표시

313 우리 좀 따로 살아 볼까

315 희망의 끈

316 서글픔

317 들꽃

318 처음 맞는 봄

319 과부

320 너무 보고 싶은 내 사랑

322 맑은 바람이 되다

에필로그　　전하지 못한 진심　　323

Special Thanks To　　325

Chapter

01

걸림
없이
살 줄 알라

운명이 되어준 첫 만남

　　내 사랑 내 남편 기호 씨를 만난 건 그 사람이 원광대학교 한의과대학 졸업반이었을 때였다. 그가 수업을 마치고 집으로 오는 길에 교통사고가 나서 병원에 입원하게 되었는데, 마침 내 친구가 그 병원에서 일하고 있었다. 친구는 그와 내가 잘 어울릴 것 같다는 생각에 소개팅을 권했다.

　　그때 내 나이가 서른둘. 결혼이 많이 늦어 부모님, 특히 아버지의 잔소리를 매일 지겹게 듣는 중이었다. 친구는 그 사람에게 나를 학창 시절 문학소녀로 책도 많이 보고 글을 잘 썼다고 소개했고, 나에게는 그 사람이 서울서 대학원까지 나와 다시 한의대에 다니고 있는 능력 많은 남자인데 두 명의 아이를 두고 있다고 말했다.

　　우린 시내 카페에서 처음 만났는데, 잘생긴 그의 외모가 가장 먼저 눈에 들어왔다. 짙은 눈썹에 긴 속눈썹이 인상적이었던 그는 말투가 약간 무뚝뚝하긴 했지만, 강직하고 성실한 사람이라는 게 느껴졌다.

　　첫 만남에서 그는 자신의 과거를 솔직담백하게 들려주었다. 뒤늦게 한의대에 다시 진학할 때까지만 해도 결혼 생각은 하지 않았었는데, 동생이 갑자기 결혼하겠다고 나서니 부모님께서 순서는 반드시 지켜야 한다며 그에게 맞선을 여러 번 보게 했다고. 소개받았던 사람 중 모교 선생님의 조카와 연이 닿아 결혼했었고, 학교에 다니며 연년생인 아이들을 낳았다고 했다. 그런데 둘째가 세상 빛을 본 지 얼마 되지 않았을 무렵 돌연 애들 엄마가 집을 나가 버렸고, 이혼이라는 오점을 남기고 싶지 않아 무작정 2년이나 기다렸지만, 끝내 돌아오지 않아 결국 이혼을 받아들일 수밖에 없었다고 했다.

담배를 피던 그 사람은 빛나는 눈동자로 나를 바라보며 "너는 주로 어떤 책을 읽고 어떤 글을 쓰냐?" 하고 물었다. 늦은 인연이 운명으로 바뀌는 순간이었다.

데이트를 하다

순천 동천 다리를 가운데에 두고 각자의 집이 있었기에 우리는 주로 산책 데이트를 하며 서로에 대해 알아갔다. 그 당시 그 사람은 아이들 생모가 집을 나가자 아기를 업고 시험공부를 했었고, 가끔 부모님이 데리고 가 돌봐주셔서 보러 내려온다고 했다.

졸업반이었던 그는 공부하러 가면 한 달씩 연락이 없다가 갑자기 나타나곤 했는데, 삐삐라고 부르던 호출기를 가지고 다녀 내가 연락해 놓고 기다릴 때가 많았다. 밤에 동네슈퍼라고 전화가 와서 나가면 평상에 앉아 새우깡을 안주 삼아 소주를 마시고 있었다. 술 한잔한 그 사람은 "내가 널 사랑할 테니 너도 날 사랑해라."라고 말했다.

그의 원래 꿈은 일등 항해사가 되어 전 세계의 바다를 누비는 것이었지만, 외할아버지가 살아생전에 한약국을 하셔서 자연스럽게 그쪽에 관심을 두게 되었고, 다시 한의대에 입학하는 계기가 되었다고 했다.

한의대에 다니면서부터는 약초나 침에 대해 따로 배우러 다녀

그는 항시 바빴다. 졸업반이었던 그때도 같은 나이에 한의대에 입학해 함께 졸업을 앞두고 있었던 절친 고 원장에게 추나요법을 배우고, 서로 부족한 부분을 보완해 가며 열심히 공부했었다.

수학이 싫었어요

그는 스트레스를 술, 담배로 풀곤 했다. 언젠가 하루는 술, 담배가 마치 고민을 들어주는 친구 같다고 하면서 나에게 "이제 너도 친구처럼 편해."라며 고백했다.

뼛속까지 이과생이었던 그는 문과 쪽인 나를 예뻐했다. 슈퍼 평상에서 소주 한잔을 기울일 때면 좋아하는 시를 한번 읊어보라 했고, 나는 프로스트의 '가지 않은 길', 김춘수의 '꽃'을 외우곤 했다. 알고 있던 시의 밑천이 바닥나면 감성 깊은 유행가 가사를 시처럼 읊었다. 해오라기의 '사랑은 받는 것이 아니라면서', 김규민의 '옛이야기', 이선희의 '알고 싶어요'가 주로 등장했던 노래다.

그렇게 한참 시를 읊고 있는데 갑자기 그 사람이 담배 연기를 길게 내뿜으며 나에게 왜 공부를 오래 하지 않았느냐고 물었다.

"왜 공부를 안 했어? 하면 잘했을 것 같은데……."

"처칠이 그랬던 것처럼 나도 수학이 너무 싫었어요. 외우는 건좀 했는데 수학은 도통 모르겠더라고요."

"수학도 어차피 외우는 거야. 수학을 제대로 알면 오히려 제일 쉽다고!"

그 사람이 초등학교(그 옛날엔 국민학교였다) 4학년 무렵에 심하게 아파 1년을 집에서 쉰 적이 있는데, 그때 동네 사람 죽을 날까지 알아맞힌 일이 있어 혹시 신기가 있는 건 아닌지 부모님의 걱정이 컸다고 했다. 급기야 공무원인 아버님 몰래 어머님이 집에서 굿까지 했고, 그런 어머님의 지극정성에 가까스로 건강을 회복하고 학교로 돌아갈 수 있었다.

중학생이 되어 아이큐 검사를 했는데 그날따라 컨디션이 좋지 않아 대충 답안을 작성했고, 아니나 다를까 60점대로 너무 낮게 나와 담임 선생님께서 부드러운 말투로 "세상 살기 괜찮냐?" 하고 물으셨다고 했다. 하지만 첫 시험부터 전교 5등의 성적으로 장학금을 타게 되었는데, 아버님이 공무원인 탓에 다른 학생에게 넘길 수밖에 없었다고. 그 시절부터 수학에 재미를 붙인 그는 친구들의 수학 선생을 자처했고, 수학 자신감을 바탕으로 다른 과목의 공부도 열심히 하게 되었다고 했다.

담배 이야기

　1년을 쉬었던 탓에 다른 친구들이 모두 고등학교에 진학했을 때 그는 중학교 3학년이었다. 괜히 뒤처진다는 생각에 방황하며 공부도 소홀하게 되었고 기타와 하모니카 등 여러 가지 취미 활동을 하는가 하면 이른 나이에 담배까지 배우게 되었다고 했다.

　특히 수학 문제가 안 풀릴 땐 담배를 한 대 피우면 금방 풀리곤 해 그래선 안 되었지만, 친구들의 수학 공부를 도와주면서 담배를 권하기도 했었다고 했다. 15년 전에 기호 씨는 결국 담배를 끊었지만, 그에게 수학을 배우면서 담배까지 배우게 되었던 한 친구는 지금도 담배를 못 끊었다면서 "나한테 담배 가르쳐주고 자기는 일찍 끊었어!"라며 기호 씨를 원망하곤 했다.

　고등학교에 가서도 국영수만큼은 늘 만점을 유지했는데 영어 필기시험에서 항상 100점을 맞으니 한 번은 영어 선생님이 영어책을 읽어보라고 하셨고, 발음이 좀 안 좋다는 평가를 들었다고 했다. 친구들 앞에서 자존심이 상했던 그는 국영수를 제외하고는 공부를 등한시하며 기타나 치며 유유자적하는 세월을 보냈고, 뒤늦게 후회의 순간을 맞이했었다고 했다.

대학교 원서를 쓰려고 보니 자신이 원하는 대학을 가기에는 점수가 많이 부족했던 것이었다. 그에게 수학을 배웠던 친구들도 모두 좋은 성적을 받아 원하는 대학에 들어가는데, 정작 본인은 가고 싶은 대학을 갈 수 없는 처지가 한스러워서 베개를 붙잡고 3일을 울었다 했다.

한의원을 열고 싶어

명지대 전자공학과에 입학한 그는 관련 자격증을 섭렵하고 차석의 성적으로 졸업했지만, 교수의 꿈은 이룰 수 없었고 서울의 한 고등학교에서 수학교사로 1년을 재직했다. 하지만 그것도 본인의 길은 아니라는 생각이 들었고, 경영을 전문적으로 공부하기 위해 한양대 경영대학원 과정을 수료했다.

대학원 수료 후 기회가 있어 아이큐를 측정했더니 멘사 회원도 될 법한 아이큐가 나왔다고. 칼을 갈면 날이 서 더 잘 들듯이 머리는 쓰면 쓸수록 좋아지는 걸 그때 알았다고 했다.

그는 직업과 취미 그리고 삶의 목표에 관한 생각도 명확했다.

"인간은 사회적, 경제적 동물이고 흐르는 물은 썩지 않아. 여러 가지를 시도해 보고 자기가 좋아하는 건 취미로, 잘하는 것은 직업으로 삼으면 좋지 않겠어? 돈도 정승처럼 벌어서 정승처럼 쓰는 게 더 좋을 것 같아."

그저 취미라고 하기엔 아까울 만큼 그 사람은 잘하는 게 너무 많았다. 하모니카와 기타는 학창시절부터 시작해 수준급이었고 낚시, 바둑, 장기, 정원수 전지, 요리, 전기공사, 식물 가꾸기 등 여러 분야에 능숙했던 그는 소위 말하는 '금손'이었다.

그렇게 그의 매력을 하나둘 발견해 가며 만남을 이어갔다. 우린 강변의 포장마차에서 소주 한잔을 하며 밤늦도록 대화를 했고, 함께 많이 걸었다. 그러던 어느 날 그가 한의원을 하게 된다면 이곳(연향동 동부상설시장 부근)에서 하고 싶다고 운을 뗐다.

"난 나중에 한의원을 열게 되면 여기서 하고 싶어. 열심히 해서 이 지역을 대표하는, 그리고 너를 위한 랜드마크로 키울 거야. 근데 너 내가 만약 한의사를 안 한다면 뭐 하고 살래?"

갑작스러운 질문에 난 순간 당황했지만, 우리 둘이라면 뭘 못하겠냐며 자신 있게 답했다. 대답은 그렇게 했어도 걱정이 안 되는 건 아니었다. 26년 전 그곳은 아무것도 없는 허허벌판이나 다름없었다. 그런 곳에서 뭘 어떻게 하겠다는 건지 의아했지만, 난 내색하지 않았다.

서른둘에 찾아온 사랑

그는 서울에서 대학과 대학원을 마치고 한의대에 다시 입학해 공부하느라 동창들이나 고향 친구들을 자주 만나기 어려웠다. 그래서 우리의 초기 연애사를 아는 이들은 절친을 비롯해 서너 명에 불과했다.

어쩌다 절친들과 모일 때면 노래방에 갔다. 난 그저 그런 노래 실력에도 열심히 감정을 실어 사랑 노래를 불렀고, 술기운에 기분이 좋아졌던 그는 "지금 나한테 사랑 고백하는 거냐?"며 농을 건넸다.

그렇게 하나씩 추억을 쌓아가던 어느 날 그는 책을 한 아름 안고 나타나 고백 아닌 고백을 하며 우리 동네에 우리만의 아지트를 구했다고 했다.

"난 원래 공부하면 여자 생각 안 하는 놈인데, 책을 펼치면 네가 보이고, 담배 연기 속에서도 네가 보였어."

난 사랑을 쉽게 믿지 않는 여자였고, 나이 서른둘에 이렇게 사랑이 찾아오리라고는 생각조차 못했었다. 그래서 그와의 만남은 정말 운명이라고밖에 설명할 길이 없었다. 가까운 이조차 알지 못하는 내 깊은 감성을 알아봐 준 사람이었고, 내가 자신의 첫사랑이라며 마음으로 고백해준 처음이자 영원한 사랑이었다.

내가 너 끝까지 지켜줄게

한의대를 졸업하고 미뤄졌던 국가고시까지 합격하자 그 사람은 집에다 나와 결혼하겠다고 말씀드렸다. 아버님은 대번에 크게 화를 내시며 반대하셨다고 했다. 너무 잘 아는 집안끼리는 그러는 게 아니라는 것이 이유였다. 아버님은 오랫동안 법원에 계시다 법무사 사무실을 운영하셨는데, 친정아버지도 법무사 사무실에서 사무장을 하고 계셨다.

며칠 후 그 사람은 나를 부모님께 데려가 인사시켰다.

"이 사람 아니면 전 더는 결혼 같은 건 하지 않겠습니다."

단호하고 강하게 말했다. 순간 난 당황했지만, 최대한 태연한 척하며 나를 바라보는 그 사람의 두 딸에게 미소를 지어 보였다. 붙임성이 좋은 둘째 딸은 할아버지 품에 안겨 눈웃음으로 화답해 주었다.

그 뒤로 사나흘 연락이 없었던 그가 어느 날 밤 갑자기 찾아와 다음 날 인천에 있는 누나를 만나러 갈 거라 했다.

"걱정하지 말고 기다려. 사랑에는 반드시 책임이 따르는 거야.

내가 너 끝까지 지켜줄게."

진심 어린 고백과 함께 이마에 입을 맞추곤 그는 이내 어둠 속으로 사라졌다. 그리고 이틀 후 다시 찾아온 그는 곧 누나가 나를 만나러 올 테니 맘의 준비를 하고 있으라고 했다.

며칠이 지났을까. 누님이 나를 만나기 위해 인천에서부터 내려오셨다. 큰 키의 미인형이었던 누님은 나와의 만남 후 직접 아버님 설득 작전에 나서 주셨다. 동생이 처음 진심으로 사랑하는 여자이니 인제 그만 허락해 주시라는 호소에 아버님도 서서히 마음을 여셨고, 운명 같은 우리의 사랑도 단단히 열매를 맺고 있었다.

결혼식

우린 동외동 도롯가에 있는 작은 건물에 세를 얻어 일단 한의원을 열기로 했다. 그는 일을 돕겠다며 팔을 걷어붙인 몇몇 친구들과 함께 밤낮으로 병원 단장에 매달렸고, 1994년 11월 27일부터 정식 개원을 했다. 도롯가라고 해도 그 당시엔 지나다니는 차량이나 사람이 드물었다. 일종의 모험이었던 셈이다. 그래도 그는 자신만만했다.

개원하고 몇 달이 지난 후 결혼식을 올렸다. 난 형식적인 건 필요 없다고 사양했었지만, 그와 시부모님의 배려로 가까운 산장에서 조촐한 결혼식을 치를 수 있었다. 95년 2월 13일 결혼식을 마친 후 곧바로 시댁에 들어가 신혼생활을 시작했다. 새로운 시작에 두려움이 앞섰지만, 그 사람만 옆에 있으면 된다는 생각으로 마음을 다잡았다.

이미 친해진 두 아이는 나를 친엄마로 여기며 잘 따랐고, 아버님은 생각했던 것보다 훨씬 인자하신 분이었다. 귀부인 같은 매력을 지닌 어머님은 조금 차가운 말투에 냉정한 면도 있었지만, 원칙을 중요하게 여기는 분이었을 뿐 언제나 한결같은 모습으로 잘 대해주셨다.

　너른 정원을 갖춘 단독주택이었던 시댁은 뒷산이 바로 연결되어 있어 사시사철 변하는 꽃과 나무를 감상할 수 있었다. 안채엔 시부모님과 두 아이가 거처했고, 우리는 마당 건너에 있는 아래채에서 신혼의 단꿈을 키워갔다.

살림을 배우다

살림을 잘 몰랐던 나는 처음부터 어머님께 여러 가지를 차근차근 배워야만 했다. 친정 엄마도 집안일을 시키지 않으셨던 탓에 할 수 있는 일이 별로 없었다. 하루는 어머님이 외출 후 저녁이 다 되도록 돌아오지 않으셨다. 간만에 저녁을 차려보려고 마음먹었는데, 밥을 짓는 것부터 난관에 부딪혔다. 압력밥솥을 어떻게 사용해야 하는지 도저히 알 수가 없었다. 한참을 진땀 흘리며 발만 동동 구르다 결국 한의원에 전화를 걸어 그에게 SOS를 쳤다.

나의 부탁에 일찍 퇴근한 그는 함께 밥을 하며 이것저것 친절히 가르쳐 주었다. 한참을 설명하던 그는 다정한 말투로 요즘 제일 어려운 게 뭐냐고 물으며 용기를 북돋워 줬다.

"난 기호 씨 없으면 아무것도 못 하겠어. 정말 큰 일이야."

"넌 남들보다 기억력도 좋고, 눈치도 빠르니 관심만 가지면 뭐든 잘할 수 있을 거야."

그 응원을 등에 업고 열심히 노력한 덕분에 나중에는 어머님께 영리하다는 칭찬도 들을 수 있었다.

어느 날 다들 나가고 어머님과 단둘이 안채에서 차를 마시며 진솔한 이야기를 나누게 되었다. 어머님은 앞으로 어려운 일이 생길 수도 있으니 지혜롭게 이겨 나갔으면 한다는 당부의 말씀을 건네셨다.

"기호 하나 믿고 큰며느리 노릇도 마다치 않으면서 우리 집에 들어온 것 잘 알고 있다. 우리 집안에선 기호 누나랑 기호만 조심하면 돼. 내 딸이긴 하지만 기호 누나도 보통 성격 아니고, 기호도 핏덩이 아기를 업어가며 공부해 한의대에서 장학금까지 탔던 독종 아니겠니. 그러니 혹시 형제간에 싸움의 불씨가 되는 일이나 말은 흘려보냈으면 한다. 난 여태껏 살면서 남한테 내 자랑도 자식 자랑도 한 적이 없고, 남의 흉도 함부로 보지 않고 살아왔다. 너도 매사에 조심하면서 반듯하고 현명하게 처신해 우리 집안의 든든한 기둥이 되어 주었으면 하는 바람이다."

어머님은 또 큰며느리인 나의 위치가 매우 어려운 자리라는 것을 아신다며, 어렵게 힘든 자리에 온 너를 딸처럼 여기며 아껴주고 싶다고 하셨다. 평소 어렵게만 느껴졌던 어머님의 따뜻한 마음이 느껴지는 순간이었다.

적응

어머님은 모든 분야에서 다재다능한 분이었다. 각종 요리와 바느질도 잘하셨고, 글씨도 잘 쓰셨다. 일어에도 능통하셨고 노래와 춤에도 남다른 재능이 있으셨다. 공부도 잘하셨지만, 옛 어른들이 그랬듯 가방끈 길게 공부하는 대신 아버님께 일찍 시집오셨다 했다.

결혼해서 살다 보니 그의 집안에서는 형제간의 정情보다는 위계질서를 더 중시한다는 걸 알게 되었다. 그는 세 살 터울인 누님에게 깍듯하게 존댓말을 썼고, 세 살 아래부터 있었던 시동생들도 그를 어려워하고 예의 바르게 대했다.

인물 좋고 똑똑한 형제들 사이에서 나는 책잡히지 않으려 많이 노력했다. 옷 하나를 입더라도 센스 있다는 소리를 듣고 싶었다. 그 사람은 내가 치마 입는 것을 좋아해 집에서도 원피스를 잘 입었는데, 솜씨 좋은 어머님이 내 옷을 많이 만들어주셨다. 임신했을 때 임부복도 모두 어머님이 만들어주셨다. 만들어주시는 족족 잘 소화해 내는 나를 보고 형님은 "올케는 키는 작아도 모델 같아."라며 칭찬도 많이 해주셨다.

　신혼 초 다행히 시부모님이 잘 대해주신 덕분에 큰 어려움 없이 시댁 생활에 적응할 수 있었고, 두 아이와도 더 가까워지기 위해 매일 노력했다.

　그리고 얼마 지나지 않아 마침내 그를 닮은 첫아들도 낳았다.

독종

한의원을 열고 한동안은 고전을 면치 못했다. 그러나 그 당시 다른 한의원에서는 추나요법이나 이체침술 진료를 하는 일이 흔치 않았기에 우리 한의원은 서서히 유명해졌다.

한의원에 환자가 늘고 바빠지면서 술과 친구를 좋아하는 그 사람이 밤늦게 귀가하는 날이 많아졌다. 집에서 기다리던 난 늘 애태우며 불안해했다.

한번은 술이 거나하게 취해 들어오는 그에게 심하게 짜증을 냈는데, 갑자기 그 사람이 앞에 있는 돌 탁자를 세게 내리치며 "야, 너!"라고 소리를 질렀다. 늦은 밤 시끄러운 소리에 놀란 어머님이 안채에서 나와 달려오셔서 그 사람 등짝을 때리며 "기호야! 너 성질 안 죽일 거냐?"며 혼을 내셨다.

옆에서 속상해하고 있는 나에게는 시어머님께서 말씀하셨다.

"너 기호 이길 수 있냐? 이길 수 있으면 한 번 해 봐. 하지만 싸우고 싶지 않으면 평생 지고 살아. 술 먹은 사람 건드리면 미련한 거지. 배운 사람들끼리 하고 싶은 얘기가 있으면 서로 편지를 써

봐!"

이렇게 말씀하시더니 약상자를 가지고 오셔서 탁자를 내리치느라 생긴 그의 손등 상처에 약을 발라주셨다.

그랬다. 내 사랑 양기호의 별명은 '독종'이었다. 한번은 약재로 쓰일 인삼을 썰다 작두에 손가락을 심하게 다쳤는데, 병원 갈 생각은 않고 스스로 드레싱을 하면서 말했다.

"난 외과 의사가 되도 잘했을 것 같아."

그의 성격을 제대로 파악한 뒤로는 서로 분위기가 안 좋아져 싸움이 날 것 같다 싶으면 되도록 잘 울고 잘 웃는 내 필살기로 대처해 위기를 넘겼다.

장미꽃 한 다발과 1백만 원

시댁에서 처음으로 맞이한 내 생일날 어머님은 손수 미역국을 끓여 생일상을 차려주셨다. 남편은 출근 후 전화해 화장대 서랍에 선물을 넣어놨다며 보고 내가 행복해하면 좋겠다고 했다. 사실 많이 무뚝뚝했던 성격 탓에 그 사람이 직접 산 꽃을 받아본 것은 연애 시절 노랑 장미 꽃다발 한 번이 전부였다. 결혼하고 나서는 마당에 핀 꽃을 꺾어 무심히 탁자 위에 올려두는 것이 다였다.

설레는 마음으로 열어본 서랍 속엔 은행에서 바로 만든 듯 깨끗한 신권 1백만 원이 가지런히 놓여 있었다. 시댁 살림은 어머님과 그 사람이 했기에 따로 돈 만질 일이 없었고, 특별히 많은 돈이 필요하지도 않았다. 한번은 남편이 본인 옷을 세탁하기 전에는 꼭 주머니를 잘 확인하라고 일렀는데, 그 이후부터는 그 사람 옷을 뒤지면 언제나 적지 않은 돈이 들어 있었다.

그는 돈 달란 말을 안 하는 나를 위해 그렇게 배려했고, 난 그 돈을 알뜰하게 모아 시부모님, 특히 어머님 화장품 같은 게 떨어지면 눈치 빠르게 사다 놓아드렸다. 그런 날 보고 어머님은 "곰 같은 며느리보다는 여우 같은 며느리가 훨씬 낫지"라며 칭찬해 주셨다.
어머님은 강하고 차가운 성격의 소유자라는 소리를 주변에서 많이
들었지만, 늘 곁에서 함께 했던 나는 날이 갈수록 어머님이 그렇게
멀게 느껴지지 않았다.

자식

    큰아들은 가끔 토하는 것 말고는 특별한 문제 없이 잘 크고 있었다. 두 딸은 어느새 초등학생이 되었고, 둘째 딸은 한 번씩 크게 성질을 부려 애를 먹이기도 했다. 그럴 때면 어머님과 막내 시동생이 은근히 내 편을 들어주시는 것에 늘 감사했다.

    대가족이 함께하다 보니 아웅다웅 크고 작은 일이 생겼고 살림도 버거웠지만, 어머님의 가르침에 힘입어 점차 큰 어려움 없이 살림을 해 나갈 수 있게 되었다.

음식 솜씨

남편은 집안에 행사가 있거나 형제간 모임이 있을 때면 늘 식당을 예약했고, 부모님 생신에는 여행을 보내드리거나 함께 여행을 떠나 숙식을 해결하도록 했다. 그는 항상 그렇게 말없이 나를 배려해줬다.

뭐든지 잘했던 그는 음식을 할 때도 나를 많이 도왔다. 김장을 하면 시간을 내서 배추랑 무같이 무거운 짐은 다 옮겨주고 이것저것 잡일도 했다. 가난했던 사춘기 시절 질리게 먹어 밀가루 음식을 싫어했던 나는 칼국수도 제대로 끓일 줄 몰랐는데, 그 사람은 뚝딱 반죽해서 자로 잰 듯 국수를 썰어냈고, 칼국수를 보신 어머님은 "기호가 했지?"라며 대번에 알아채셨다.

딸들 유치원 소풍 때는 내가 싸준 김밥이 옆구리가 터져 버려 결국 딸들이 쫄쫄 굶은 적도 있었다. 한번도 김밥을 싸본 일이 없으니 당연한 결과였다.

그랬던 내가 어머님과 남편의 꾸준한 조언과 가르침 덕분에 이제는 음식 좀 하는 사람이 되었다. 처음엔 찌개랑 국도 구분 못 할 정도의 솜씨였던 내가 "이제는 저 식당해도 되겠죠?"라며 한마디 하자 남편은 "손님들 기다리다 지쳐서 모두 다 가버리실걸" 하고 음식하는 속도가 느린 나를 놀리듯 말했다. 그 소리를 들은 어머님이 "원래 느린 시어머니 자리에 그런 며느리가 들어오는 법이란다." 하시며 웃으셨다. 못하는 음식이 없으셨고 모두 인정하는 솜씨였지만, 어머님도 손이 빠른 편은 아니셨던 거다.

노래방과 경고

평소 남편은 아기 기저귀도 빨아 방으로 가져가면 깔끔하게 개어 정리해 줄 정도로 자상한 편이었다. 그런 사람이 매우 보수적인 상남자란 사실을 알게 된 건 추석인지 설인지 잘 기억은 안 나지만, 어느 명절 때였다.

그날 밤 남편은 서울서 함께 대학에 다닌 친구와 약속이 있어 늦을 거라 했고, 나머지 가족들은 노래 부르는 걸 좋아하시는 어머님을 위해 동네 노래방에 가기로 했다. 아버님은 집에 계시겠다고 해서 돌이 막 지난 큰아들을 아버님께 맡기고 노래방에 다녀왔는데, 웬일인지 벨을 여러 번 눌러도 대문이 열리지 않았다.

아버님이 주무셔서 못 들으시나 보다 생각하며 열쇠로 열어보았는데도 대문이 꿈쩍도 안 했다. 이게 어떻게 된 일인가 봤더니 예상보다 일찍 집에 돌아온 남편이 삽과 괭이로 대문을 막아 놓은 것이었다. 집으로 여러 차례 전화해 사정사정한 끝에 겨우 집에 들어갈 수 있었다. 집에서 마주한 남편은 눈에서 레이저를 뿜어내듯 나를 쏘아봤다. 그는 단호한 어조로 나에게 경고했다.

"앞으로 어떤 이유가 되었든지 간에 집에 나보다 늦게 들어오는 일은 없었으면 해."

그 일이 있은 후 난 되도록 그의 바람에 부응하기 위해 노력했다.

친구의 죽음

어느 날 그가 아끼던 친구 한 명이 갑자기 세상을 떠났다. 남편과 나의 연애사를 아는 몇 안 되는 친구 중 한 사람으로 명지대학교 전자공학과에 함께 재학했던 친구였다.

장지까지 다녀온 남편은 한밤중에 마당에 있는 나무를 붙잡고 "판수야, 판수야!" 친구 이름을 부르며 펑펑 울었다. 곁에서 지켜보던 나도 눈물을 뚝뚝 흘리며 "기호 씨는 절대 나보다 먼저 죽으면 안 돼" 했더니, 그 사람은 "그래도 우리 사랑하는 보리가 나보다 오래 살아야지. 원래 여자가 오래 사는 게 순리인 거야."라고 했다.

술 한잔하면 그가 나를 부르는 애칭인 "명바라, 보리야" 했던 그 사람의 죽음은 정말 상상하기도 싫었다. 나에겐 무엇보다도 소중한 사람이었으니까. 시간이 흘러 그 사람은 친구를 가슴에 묻었고 또 열심히 살았다.

자격증

한의원을 연 초창기에 그는 부잣집 큰아들이라는 선입견 때문에 사람들로부터 차갑고 무뚝뚝하다는 소리를 많이 들었다. 그때마다 그는 누구에게나 호불호가 있는 법이라면서 우리 보리 밥 굶기는 일은 없을 테니 걱정하지 말라고 했었다.

휴대폰이 막 출시되기 시작할 무렵 이상하게도 하루에도 몇 번씩 동사무소나 통신사에서 남편을 찾는 연락이 많이 왔다. 지금 한의원을 운영하고 있다고 해도 1~2년 동안은 비슷한 연락이 줄기차게 왔다. 아마도 관련 자격증을 많이 가지고 있었던 남편을 영입하려는 곳이 많았던 것 같다.

하루는 퇴근 후 집에 온 남편에게 "자기는 인기 많아 좋겠어." 했더니 "미래가 걱정되어 이런저런 자격증을 다 땄었는데, 우리 보리 먹여 살리려면 아무래도 한의사가 좀 더 낫지. 정년도 없고 몸만 건강하면 오래 할 수 있잖아."라고 답했다. 나는 내색은 안 했지만, 이런 든든한 남자를 만난 게 내 인생 최고의 행운이라고 생각했다.

보리와 명바라

결혼 3년 차가 되어갈 때쯤 막내아들이 태어났고 남편은 한의원을 옮길 계획을 세우고 있었다. 부모님께 그 말씀을 드리니 땅을 미리 사 놓으셨다며 거기에 새로 건물을 세우는 게 어떻겠냐고 하셨다. 하지만 남편은 한의원 건물을 올리기에는 면적이 충분치 않다며 그 땅을 팔고, 대출을 받아서라도 연향동으로 가겠다고 고집했다.

50평 남짓의 그 땅은 원래 병원이 있던 도롯가에서 한참 떨어진 안쪽에 있어 훨씬 조건이 안 좋았다. 도롯가에 있던 병원에도 환자가 늘지 않아 한의원을 옮기려던 것이었는데, 찾기 힘든 구석의 넓지도 않은 땅이라는 점이 그를 주저하게 했다.

한의원 옮기는 문제로 집안 분위기가 냉랭해졌고, 고래 싸움에 새우 등 터진다고 나는 나대로 양쪽의 눈치를 보느라 괴로운 시간을 보냈다. 남편은 매일 술에 취해 들어왔고 "명바라, 내가 너 고생시키냐?"고 물었다.

역학 공부도 했던 그 사람은 '명희'라는 내 본명을 싫어했다. 한

자로 밝을 명(明)과 기쁠 희(喜)였던 내 이름이 사주와 잘 안 맞는다
는 것이었다. 내가 태어난 해의 띠와 날까지 따지면 곁에 있는 사
람을 빛내주거나 나 스스로 빛날 수 있는 사주라면서 그에 어울리
는 이름을 지어주겠다고 했다.

　절에서도 몇 개월 공부했던 그 사람이 지어준 이름이 '보리'였
고, 깨달음과 지혜란 뜻을 담고 있었다. 술 마시고 들어온 날에는
어김없이 '보리', 또는 '명바라(명희만 바라본다)'라는 애칭으로 불렀
다.

한의원 건물을 새로 짓다

　시부모님과 남편의 갈등이 계속되면서 나 또한 힘든 생활을 이어갔다. 마음이 너무 답답할 때면 뒷산에 올라 동천과 친정집 방향을 바라보며 시간을 보내곤 했다.

　그러던 어느 날 시부모님이 나를 안채로 부르시더니 왜 남편을 설득하지 못하냐고 채근하셨다. 특히 어머님께서 네가 아니면 누가 아들 마음을 돌릴 수 있겠느냐며 속상해하셨다.

　"너 아니면 결혼도 안 하겠다던 놈이야. 다른 사람 말은 안 들어도 네 말은 듣지 않겠니? 실력 있는 한의사라면 죽도봉산에 병원을 차려도 올 사람은 다 온다니까."

　어머님 말씀을 듣고 있자니 그동안 힘들었던 감정이 터져 나온 것인지 괜스레 눈물이 났고, 어머님은 또 눈물 바람이냐며 당황해하셨다.

　마침 퇴근하고 인사를 하려고 안채에 들어왔던 남편이 이 광경을 보더니 나에게 잠시 아래채에 내려가 있으라 했다. 부모님과 한참을 대화하고 돌아온 남편은 아무 말이 없었다. 며칠을 계속 말없이 고민만 하던 그는 마침내 결심을 굳혔고, 부모님이 말씀하신 땅에서 한번 시작해 보자고 했다.

위치는 마음에 들지 않았지만, 제대로 된 한의원을 짓고 싶었던 그는 기존 땅의 앞뒤 20평 정도를 더 사고 대출도 받아 번듯한 2층 건물을 올리고 주차장도 마련했다.

골목 안으로 한의원이 자리를 옮기자 처음엔 몇몇 아는 분들만 겨우 찾아왔다. 네비게이션이나 스마트폰이 없던 그때는 한의원 위치를 찾지 못한 환자들의 전화벨이 수시로 울렸고, 그래도 결국 한의원을 찾지 못하고 돌아간 경우도 허다했다. 한동안 직원들은 환자를 돌보는 일보다는 전화로 한의원 위치를 안내하는 일에 더 많은 시간을 쏟아야 했다.

나는 장사꾼이 아니다

새롭게 병원문을 열고 나서 남편은 더욱 열심히 공부하고 바쁘게 일했다. 남편을 세상에서 가장 도덕적이고 깨끗한 사람이라고 늘 칭찬했던 절친 고 원장과 함께 그룹 스터디를 하고, 개원 시 함께 세미나를 열었던 여러 원장님들과 함께 지속적으로 자료를 공유하고 밤샘 토론을 하면서 좋은 한의사가 되기 위한 노력을 게을리 하지 않았다.

남편의 인생 철학은 늘 한결같았다. 의사는 결코 장사꾼이 되어서는 안 된다는 것이었다.

"한의사가 신은 아니지만, 환자를 치료함으로써 삶을 더 행복하게 해줄 수는 있다고 생각해. 한의사에게 필요한 건 상술이 아니야. 오로지 환자를 잘 낫게 하는 실력이 필요할 뿐이지."

그의 뜨거운 신념은 생을 마감하는 순간까지도 변함이 없었다.

분가

막내가 돌이 되었을 무렵 이제는 분가할 때가 되었다는 생각이 들었다. 아이들 학교가 너무 멀어 불편한 점도 있었고, 무엇보다 동네 사람들의 관심이 점점 부담스럽게 느껴졌다.

딸아이들이 말하길 등하굣길에서 만난 이웃들이 "너희들은 누구랑 자니?", "엄마가 잘 해주냐?" 같은 질문을 한다고 했다. 이유 없이 의심받고 관심받는 생활 때문에 난 스트레스에 시달렸고, 딸들이 내가 친엄마가 아니라는 사실을 알게 될까 봐 늘 가슴을 졸였다. 아이들이 다 큰 다음에 알아도 늦지 않다는 것이 나와 그의 생각이었다. 괴로워하는 내 모습에 그 사람은 지금은 여러 군데 돈들어갈 곳이 많으니 몇 달만 참고 기다려달라고 했다.

이사를 하다

약속대로 몇 달이 지나자 남편이 미리 부모님께 분가계획을 말씀드리라고 했다. 한 달쯤 있다가 따로 나가겠다고 어렵게 시부모님께 말씀드렸고, 평소 감정을 잘 안 드러내던 어머님도 그때는 많이 서운해하셨다.

부모님께 죄스러웠던 우리는 두 분께 경비를 드리고 제주도 여행을 보내드렸다. 여행을 다녀오신 시부모님은 마음의 결정을 하신 듯 우리를 편하게 대해주셨다.

그러다 막상 이사하는 날이 되자 어머님은 애들을 부둥켜안고 한없이 우셨다. 그때의 어머님을 생각하면 지금도 가슴 한편이 아려온다. 많이 힘들어하셨지만, 결국엔 내 뜻을 받아주셨던 속 깊은 어머님이었다.

3천만 원과 큰아들

적금 만기가 되어 받은 3천만 원으로 우린 옵션 하나 없는 아파트 전세를 얻어 들어갔다. 지인들은 애들이 넷이나 있는 한의원 원장 집치고는 뭔가 부족해 보인다 했지만, 난 사랑하는 남편과 아이들만 있으면 집 같은 건 아무래도 상관없었다. 시부모님께는 항상 감사했던지라 큰 욕심 안 부렸고, 그런 나를 시부모님은 참 예뻐해 주시고 부탁도 잘 들어주셨다.

이사하던 날 큰아들은 우리 집이 아니라며 유치원 가방을 메고 신발도 신은 채로 거실에서 울고 떼를 썼다. 차 뒤태만 보고도 어떤 차인지 기가 막히게 알아맞히던 큰아들은 얼굴도 이쁘장하고 말도 정말 잘했다. 하지만 그 아이가 자폐아란 걸 아는 데는 그리 오랜 시간이 걸리지 않았다.

형님의 전화

우리가 분가한 걸 뒤늦게 안 형님이 갑자기 전화를 해왔다. 부모님이 피땀 흘려 대학원 보내고 한의사까지 되게 해주셨는데, 그런 동생이 부모님을 놔두고 분가한 게 말이나 되는 얘기냐며 크게 화를 내시는 거였다.

분가 후 난 홀로 네 아이를 양육하느라 나름 힘든 상황이었는데, 전후 사정은 알지 못한 채 화를 내시는 형님이 서운했다. 동생들을 끔찍하게 사랑하고 아끼는 누나라는 사실은 알고 있었지만, 막상 이런 일을 당하니 순간적으로 나도 화가 났다.

그날 밤 결국 남편에게 형님에 대한 서운한 감정을 표출하고야 말았다. 얼마 지나지 않아 속으로 아차 싶었지만, 이미 때는 늦은 후였다. 다음 날 그 사람이 형님에게 뭐라고 했는지는 몰라도 형님과 어머님이 번갈아 전화를 걸어와 역정을 내셨다. 특히 어머님은 나에게 크게 실망하신 눈치였다. 형제간 싸움의 불씨를 전파하지 말고 한 귀로 듣고 한 귀로 흘릴 줄 아는 지혜로운 큰며느리가 되기를 바라셨던 어머님께는 많이 죄송했다.

작은 행복

따로 나와 산 지 1년이 되어갈 때쯤 내 생일이 돌아왔고, 남편은 한의원 일로 눈코 뜰 새 없이 바쁜 와중에도 손수 미역국을 끓이고 나물까지 무쳐서 생일상을 차려줬다. 언제나 묵묵하게 마음을 다해 챙겨주는 남편이 너무나 고마웠다.

언제부터인가 우울한 감정이 수시로 찾아와 남편 퇴근 시간만 기다리곤 했는데, 일 때문에 바빴던 남편은 친구들과의 술자리도 잦아 밤늦게 들어오는 날이 점점 많아졌다. 하루는 오늘은 정말 일찍 들어오라고 부탁하고 집 앞에 마중을 나가기로 했다.

이제 갓 돌 지난 막내를 품에 안고 나머지 아이 세 명과 함께 아파트 놀이터에서 시간을 보내다 아파트 단지로 들어오는 남편 차를 발견하고 서둘러 뛰어갔다. 주차를 마치고 차에서 내린 남편은 막내를 받아 한쪽 팔로 안고 내 손을 잡았다. 두 딸과 큰아들은 자기들끼리 손에 손을 잡고 재잘거리며 따라왔다.

불도 켜놓지 않고 나선 탓에 집에 들어서자 칠흑 같은 어둠이 우리를 반겼고, 남편은 내가 애만 5명 키우는 것 같다며 웃었다.

오늘 저녁은 외식하자는 아빠의 말에 아이들은 마냥 신나 했다. 오랜만에 느껴보는 작은 행복의 순간이었다.

시부모님

큰아들이 4살 되던 해 어느 날 밤에 크게 경기를 일으켰다. 남편이 응급 치료를 한 후 대학병원에서 뇌파 검사를 했는데 특이점을 발견할 수 없으니 MRI를 다시 찍어보자 했다. 검사를 위해 약을 먹은 아이는 몽롱한 정신에도 엄마를 부르며 검사실을 뛰쳐나왔고, 결국 집으로 그냥 돌아올 수밖에 없었다. 그 이후 크고 작은 문제로 유치원 생활에 적응하지 못하는 아이를 위해 개인 치료 교사를 집에 들였고 언젠가는 차츰 좋아지겠지 하는 희망을 품고 살았다.

그 사람이 한창 배낚시에 빠져 해산물을 잔뜩 가져오는 주말이면 시부모님 집에 가서 함께 식사했다. 애들 넷을 데리고 가 왁자지껄 화목한 시간을 보내고 나면 어머님은 올 때 반가운데 갈 땐 더 반가운 게 손주들인 것 같다고 하시며 크게 웃으셨다. 한 번 신이 나면 온 집안을 헤집고 다니며 어른들 혼을 빼놓는 아이들이니 그렇게 말씀하실 만도 했다.

자궁암

따로 나와 살았어도 시부모님댁에는 정말 자주 드나들었다. 그런데 형님이 오셨다고 하면 발걸음이 쉬이 떨어지지 않았다. 남편과 사랑의 결실을 볼 수 있도록 결정적인 도움을 주셨던 정말 고마운 분이지만, 그 언젠가 형님께서 화를 못 이겨 쏟아내셨던 비수 같은 말들이 자꾸 떠올라 만남을 피하게 되었다. 그러던 어느 날 남편이 누나가 자궁암이 재발해 지금 본가에 내려왔으니 한번 가 보라 했다. 처음 자궁암이 발병했을 때 남편이 차라리 자궁을 적출하는 게 좋겠다고 했었는데, 형님은 결국 수술하지 않으셨다.

며칠 후 용기를 내 시댁을 찾았고 형님은 누운 채로 나를 반갑게 맞이해 주셨다. 많이 야윈 모습에 마음이 아팠고, 어머님은 조용히 눈물을 흘리셨다. 그날 편치 않은 마음으로 집으로 돌아왔고, 며칠 후 어머님이 형님 때문에 당분간 인천에 가신다고 말씀하셨다. 혼자 계신 아버님을 위해 한동안 남편과 나는 거의 매일 본가에 들렀다. 그즈음 아버님은 유난히 예뻐하셨던 큰딸에게 다시 암이 찾아왔다는 사실에 매우 속상해하셨고, 식사도 잘 못하셨다.

혈관성 치매

그 무렵 아버님은 법무사 사무실을 정리하셨다. 하루는 어머님이 남편이 퇴근하면 같이 들르라고 하셔서 찾아뵈었더니, 우리가 살았던 아래채로 조용히 불러 걱정을 털어놓으셨다. 요즘 아버님이 좀 이상하시다는 말씀이었다. 평소 자상하시고 점잖으셨던 분이 갑자기 화를 불같이 내시고 물건도 집어 던지신다고 했다.

우린 곧장 아버님을 대학병원에 모시고 가 정밀검진을 받았고, 우려한 대로 혈관성 치매라는 결과를 듣게 됐다. 남편은 한동안 매일 본가에 들렀고, 가족회의를 거쳐 아버님을 광양에 있는 치매 전문 병원에 모시기로 했다. 너무나도 달라진 아버님의 모습 때문에 어머님과 다른 가족이 너무나 힘들어해 눈물을 머금고 한 결정이었다.

잘 모르는 사람들은 양기호가 아버지를 치매 병원에 버렸다고 말들 했지만, 아버님은 병원에서 더욱 전문적으로 건강을 돌봐드릴 수 있고, 어머님을 비롯한 가족에게도 훨씬 나은 선택이라는 것이 남편의 생각이었고 최선이었다.

우리는 아버님이 편히 지내실 수 있도록 24시간 개인 간병인을 고용했고, 시간이 날 때마다 자주 찾아뵈었다. 아버님을 만나 뵙고 돌아오는 길엔 남편은 늘 마음 아파했다.

분가 후 아이들 넷을 혼자 키우는 게 만만치 않아 남편에게 힘들다는 말을 하곤 했었는데, 전세 만기가 다가오던 어느 날 남편이 이번에는 대출을 좀 받더라도 집을 사서 가자고 했다. 명의는 내 앞으로 해주겠다며 가족을 위해 고생하는 나를 위한 선물이라고 했다.

보리야, 넌 어릴 때 꿈이 뭐였니?

얼마 후 우린 새로 장만한 집으로 이사했고, 세심하게 마음을 써준 남편에게 고마운 마음이 들어 난 아이들 양육에 더욱 정성을 쏟았다. 모처럼 남편이 집에서 쉴 땐 다 같이 안방에 모여 좋아하는 책을 읽었다. 책이라 하면 분야를 가리지 않고 좋아했던 나는 만화책도 잔뜩 사다가 아이들과 함께 읽었다.

남편에게 잘 보이고 싶기도 하고, 깔끔하게 꾸미는 걸 좋아해 집에서도 꼭 화장을 하고 생활했다. 어느 날 내 얼굴을 유심히 본 남편이 "넌 죽을 때도 화장하고 죽겠다."라며 싱거운 소리를 하길래 "죽을 땐 당연히 장의사가 다 해줘."라고 대꾸했다.

그는 "보리야, 넌 어렸을 때 꿈이 뭐였냐?"고 물었다. 난 만화책을 안 빌려도 되는 만화방 주인이 되고 싶었다고 답했고, 만화방 주인도 바쁘면 책도 많이 못 보니 보고 싶다는 책 다 사다주는 본인을 만난 게 얼마나 행운이냐고 했다.

남편은 원래 산을 좋아했는데 내가 바다를 좋아하니 시간이 날 때면 바다로 가족여행을 많이 다녔다.

한번은 제주도에서 3백만 원이 든 돈 봉투를 잃어버린 적이 있는데, 그 사람은 돈은 다시 벌면 되는데 무슨 걱정이냐며 오히려 나를 따뜻하게 위로해줬다.

형님과의 화해

　다음 해 겨울 형님의 상태가 급격히 악화해 병원에 입원했다는 어머님 연락을 받고 부랴부랴 인천으로 올라가 병원을 찾았다. 곁에서 말동무라도 해드리려고 자리를 지키고 앉아 있는데 형님께서 그동안 마음에 담아두었던 말씀을 하나둘 꺼내셨다.

　형님 어린 시절에 공무원이셨던 아버님 월급이 박해 어머님의 고생이 이만저만이 아니었다고 하셨다. 돼지 키워서 팔고, 뒷산의 동백나무 팔고 해서 술 좋아하시는 아버님 뒷바라지에 다섯 남매 공부까지 다 시키셨다고. 그러는 동안에 원래도 말이 없던 분이 더 냉정하게 변하신 것 같다고 하셨다.

　자식들 품에 안을 겨를도 없이 고생만 하셨던 어머님께 손주들은 제2의 자식이나 다름없었는데, 혹시나 어미 없이 자랄까 걱정했던 손녀들을 보살펴 줄 사람이 나타나 듬직한 손자까지 둘씩이나 낳으니 나를 눈에 보이게 예뻐하시더란다.

　그래도 큰딸로서 부모님과 동생들한테 최선을 다했고, 특히 바로 아래 동생에게 남다른 애정을 기울였었는데, 그놈이 어느 날부터인가 자기 마누라 말만 듣는 것 같아 많이 서운하셨었다고. 그래서 옹졸하게 행동하고 일부러 마음 아픈 말만 골라서 했었다며 사과하셨다.

하고 싶은 말들을 모두 하셨던 건지 형님은 며칠 후 아주 먼 여행을 떠나셨다. 인천에 있었던 내가 남편에게 소식을 전했고 그는 비행기로 바로 날아왔다. 자식을 앞서 보낸 어머님이 걱정되어 우린 본가로 더욱 자주 찾아뵈었다.

남편의 금연

해가 바뀌고 순천에도 치매 병원이 생겨 광양에 계시던 아버님을 모시고 왔다. 병이 깊어진 아버님은 큰딸이 하늘로 간 사실도 알지 못하셨다. 가까운 곳에 모시고 나서 남편은 거의 매일 퇴근 후 아버님을 뵙고 왔다.

골초였던 남편은 그 무렵부터 담배를 끊었고 조카들을 살뜰히 챙기기 시작했다. 예전에는 술 마시고 들어온 날이면 어김없이 담배를 찾았는데, 집에 담배가 없으면 내가 멀리 사러 다녀와야 해서 늘 한 보루씩을 쟁여놓고 한 갑에 한 보루 값을 내라고 장난을 쳤었다. 남편은 알면서도 속아주며 비싼 담배를 피워댔었다.

두 번째 경고

남편은 적금 만기가 되면 항상 은행에 데리고 가 10%는 꼭 내 몫으로 떼어줬다. 만 원짜리 몇 장이 필요하면 빌려달라고 하고선 10만 원권 수표로 돌려주곤 했다. 그렇게 티 나지 않게 은근히 배려하는 게 그만의 애정표현 방식이었다.

그 시기에 난 좋은 엄마가 되는 일에 집중했었다. 어머님께 배운 솜씨로 영양가 있고 맛있는 음식을 장만하고 집안을 가꾸며 아이들을 열심히 돌봤다. 애들 핑계로 부부 동반 모임도 빠지곤 했던 내게 남편은 "내가 홀아비냐. 오늘도 홀로 나가게"라고 했다.

남편이 엄한 아빠 역할을 자처했으니, 난 아이들에게 친구 같은 엄마가 되고 싶었다. 집이나 학교생활에서 행복을 느낄 수 있도록 공부를 강요하지도 않았고, 학원도 보내지 않았다. 우리 딸들은 유치원 종일반을 4~5년씩이나 다닌 탓에 학원에 다니며 종일 집 밖에 있어야 하는 걸 무척 싫어했다. 그래서 피아노 이외엔 따로 학원도 보내지 않았다.

하루는 아이들을 모두 데리고 막내 시누네에 가서 밥도 먹고 놀

다가 조금 늦게 들어왔는데 남편이 문을 걸어 잠그고 열어주지 않
았다. 예전에 있었던 사건이 떠오르며 아차 싶었다. 졸린 아이들은
문밖에서 꾸벅꾸벅 졸았고, 한참을 사정한 끝에 겨우 집에 들어올
수 있었다. 우물쭈물 서 있는 내게 그 사람은 화난 표정으로 경고
를 날렸다.

"너 두 번째 경고다. 또 한 번 나보다 늦게 집에 들어오면 진짜
용서 안 한다."

사람된 도리

　남편이 처음엔 아파트는 답답해서 싫다고 했었지만, 나와 아이들이 편해 하고 좋아하니 이젠 상관없다고 했다. 남편은 이 집은 이제 우리 집이니까 아이들이 경비 아저씨나 청소하시는 분들을 만나면 예의 바르게 인사 잘하게끔 단단히 교육하라고 일렀다.

　또 경비 아저씨들께 명절에 양말이라도 사 신으실 수 있게 챙겨 드리고, 우리 집엔 아이들도 많으니 아래층에서 신경 쓸 일 없게 조심하라고 했다. 그렇게 그 사람은 매사에 언행이 신중했고, 예의 바르게 행동하고 사람된 도리를 다하는 걸 매우 중요시했다. 아이들 공부에 관해서도 쓸데없는 참견을 안 하는 대신에 예의 없고 버릇없이 행동하는 건 절대 용서치 않았다.

운명 같은
사랑

딸과 수학

큰딸이 중학교 입학 후 하루는 교복 블라우스가 찢긴 상태로 집에 돌아왔다. 너무 놀라 무슨 일이냐 물으니 뒤에 앉은 애가 많이 괴롭힌다고 했다. 난 당장 인성 좋으셨던 담임 선생님께 전화를 드려 피해를 준 그 아이한테는 티 내지 말고 우리 아이가 키도 작으니까 자리만 더 앞으로 옮겨주십사 하고 부탁드렸다.

자리가 바뀌고 나니 큰딸은 학교생활에도 잘 적응하고 친구들도 잘 사귀는 듯했다. 그러나 성적이 문제였다. 영민했던 큰딸은 중학교를 전교 95등으로 입학했지만, 그 이후로 성적이 점점 더 떨어졌다.

나는 오래전에 남편이 했던 것처럼 딸에게 물었다.

"넌 어떤 과목이 제일 어려운 거야?"

딸은 수학이 제일 어렵다고 했다.

"아빠는 수학이 제일 좋다고 했는데, 넌 아빠 딸 아니고 엄마 딸이네."

이렇게 말하며 웃었다.

퇴근한 남편에게 나는 수학만 과외를 시켜보는 게 어떻겠냐고 넌지시 말했다. 그러자 공부는 누가 시켜서 하는 게 아니라 절실하게 원해서 해야 하는 거라면서 본인은 어린 시절 한자를 제대로 안 배운 탓에 한의대에 가서는 고춧가루 서말을 지고 백두산에 올라가는 끈기로, 벽돌을 손으로 깨는 심정으로 공부했다며 반대의 뜻을 내비쳤다. 도대체 왜 그렇게까지 해야 하는지 이해가 안 간다는 눈치였다.

난 며칠 동안 남편을 졸라 결국 큰딸에게 수학 과외를 시켜줬다. 실력 좋은 선생님 덕분에 중학교 3학년에 올라가서는 전교 18등을 할 정도로 성적이 많이 올랐고, 남편에게도 수고했다는 말을 들었다.

독종 양기호

    동창회 회장이었던 그 사람이 동창회운영위원장을 맡고 2~3개월이 지났을 어느 날. 그는 술이 잔뜩 취해 집에 돌아왔다. 남편이 오기만을 기다렸던 나에게 그는 다짜고짜 소리를 질렀다.

    "너는 인생을 어떻게 살았길래 동창들한테 그렇게 무시를 당하냐!"

    한바탕 고함을 내지른 남편은 안방 문을 쾅 닫고 들어가 버렸다.

    갑작스러운 모습에 나는 크게 당황했고, 큰소리에 잠에서 깬 딸들은 방에서 나와 눈만 멀뚱거렸다. 영문도 모른 채 당한 일에 적잖이 화가 났던 나는 숨죽이며 서 있는 딸들에게 소리쳤다.

    "아빠가 나랑 이혼하려나 보다. 너희들은 아빠랑 살아. 난 동생들 데리고 나갈 테니!"

    그때 안방 문이 열렸고, 난 아이들에게 방으로 들어가라며 눈으로 신호를 보냈다. 그 사람이 내 쪽으로 성큼성큼 다가오더니 큰소리로 말했다.

"너 똑똑히 들어. 내 인생에 두 번 이혼은 없다. 난 결혼 한 번 했다 뿐이지. 깨끗하고 스님 같은 놈이다. 여자 없이도 산다고. 네가 아직 날 잘 모르나 본데, 나 독종 양기호야. 너 내 앞에서 사랑 타령하지 말고 시도 읊지 마. 그리고 눈물 보이지 말고."

사랑하는 남편이 갑작스럽게 쏟아낸 차가운 말에 난 매우 당황스럽고 슬펐다. 난 아들 방에서 눈물범벅이 된 채 밤을 새웠고, 다음 날 아침 그 사람은 아무 말 없이 물 한 컵만 마시고 출근했다.

무심코 던진 돌

　나는 남편 동창 중 내가 유일하게 가깝게 생각했던 분에게 전화했다. 그분의 설명인즉슨 어제 동창회가 있었는데 거기서 몇몇 사람들이 남편을 비롯해 내 아버지와 나까지 도마 위에 올려놓고 약간 무시하는 투로 말하는 것을 남편이 직접 들었다고 했다. 아버지는 사업이 망해서 가난했던 시절에도 자식들 교육에는 누구보다 열정적이었던 분이셨다. 공부에 관심은 없었어도 책 많이 읽고 글 잘 쓰는 나를 한때나마 지지해 주셨고, 자랑스러워하셨던 아버지였다. 그런 가족들에 대해서 안 좋은 말이 나오는 것을 들은 순간 남편의 하늘 같은 자존심이 바닥으로 추락했던 모양이다.

　전후 사정을 전해 들은 나는 "무심코 던진 돌에도 개구리는 맞아 죽는 거예요. 세 치 혀가 칼보다 더 무서운 법인데, 아무 생각 없이 남의 인생 망치는 정말 한심한 사람들이네요."라며 한마디 하고 전화를 끊었다. 그 뒤로 난 아이들 양육에 집중했고, 시부모님께도 더 잘하려고 노력했다.

　미국의 재무설계사인 스테판 M. 폴란은 저서에서 우리 삶에서

8가지를 버리면 '인생은 행복'이라고 했다. 지난 일에는 미움도 미련도 두지 말아야겠다는 생각을 하며 모두에게 도움이 되는 내용인 것 같아 옮겨 본다.

❶ 나이 걱정 : 나이 드는 것을 슬퍼하지 말라.

❷ 과거에 대한 후회 : 지난 일에는 쿨해져라.

❸ 비교 함정 : 남이 아닌 자신의 삶에 집중하라.

❹ 자격지심 : 스스로를 평가절하하지 말라.

❺ 개인주의 : 도움을 청할 줄 알라.

❻ 미루기 : 망설이면 두려움만 커진다.

❼ 강박증 : 최고보다 최선을 택하라.

❽ 막연한 기대감 : 미래를 만드는 것은 현재다.

내 운명의 상대

　보름 가까이 우린 둘 다 침묵했다. 그러던 어느 날 밤 술을 마시고 늦게 들어온 남편은 식탁에서 책을 보고 있는 내게 맥주 없냐고 물었다. 눈도 마주치지 않은 채 없다고 답하자 그는 버럭 화를 냈다. 나는 속으로 '나는 정말 내 운명의 상대를 제대로 만나 골인하고 올인했는데…….'라고 생각했다.

　보수적이고 도덕적이었던 남편은 도박하거나 바람피우는 사람들을 경멸했다. 하다못해 증권 투자 같은 것도 멀리하는 자신만의 삶의 철학이 있었다. 그런 사람이 가족과 관련된 뒷말을 직접 듣게 되었으니 그 엄청난 자존심에 큰 상처를 입은 게 분명했다. 밖에서 들려오는 시끄러운 소리에 잠이 깬 딸들은 울음을 터뜨리며 나와 싸움을 말렸다. 그 당시 난 다른 것보다도 아이들에게 미안한 마음이 가장 컸다.

한 번뿐인 인생

　얼마 지나지 않아 그 사람은 동창회운영위원장을 그만뒀다. 모임이 있다면서 늦는다던 어느 날 밤 집으로 전화하더니 할 말이 있다며 돈 들고 집 앞 맥줏집으로 오라고 했다. 연애 시절에도 직장 그만두고 집에 있느라 돈도 별로 없는 나에게 "오늘은 네가 소줏값 가지고 와라."라고 했던 사람이다.

　맥줏집에 먼저 도착해 혼자 술을 마시던 남편은 그간 참았던 말들을 차근히 꺼내놓았다.

　"너 같이 영혼 맑고 감성 풍부한 애는 남한테 이용당하기 쉽고, 잘못하면 인생 망치기 딱 좋아. 한 번뿐인 인생이야. 똑바로 살아라. 혹시 내가 너보다 일찍 죽더라도. 알았어?"

　그래도 더 나쁜 사람들은 남의 말하는 사람들이라고 했다. 그런 일은 비겁하고 자존감 떨어진 사람들이나 하는 짓이라며, 자기 할 일도 제대로 못 하면서 남의 인생에 '감 놔라, 배 놔라'하는 사람들이야말로 상종할 가치가 없다고 했다.

　한참을 흥분해 말하던 그 사람이 조용해지자 나는 말했다.

"기호 씨 만나서 나는 정말 인생 역전했고 행복했어. 나를 진심으로 사랑해준 사람도 자기 한 사람이었고, 내가 믿고 의지하고 사랑한 사람도 자기 한 사람이었어. 정말 사랑해."

내 말을 듣고도 그 사람은 말이 없었다. 인제 그만 일어서자 해서 내가 계산을 하고 뒤도 돌아보지 않고 집으로 향하고 있었는데, 화장실에 갔다 나온 사람이 어느새 나를 쫓아오더니 "넌 내 등짝 보고 따라와." 했다.

나 대학원 갈란다

누군가 내게 이 세상에 딱 한 사람만 더 있어야 한다고 한다면 난 두말없이 내 남편 양기호를 꼽을 것이다. 하지만 나에 대한 그의 뜨거웠던 사랑은 조금씩 덤덤해졌고, 나 또한 내 사랑을 가슴 한쪽에 묻어두고자 했다.

어느 날 일찍 퇴근한 남편은 큰 결심을 했는지 대학원에 가겠다고 했다.

"나 대학원 갈란다. 내가 공부해서 너 지켜줄게. 실력 있으면 어떤 놈이 감히 내 앞에서 너랑 너희 친정이랑 네 새끼를 무시하겠냐. 내가 나비처럼 날아 벌처럼 쏴 줄 테니 나만 믿고 따라와. 애들이랑 부모님은 네가 잘 챙겨줘."

굳은 결심을 한 남편은 코피를 터트려가며 공부에 열중했다. 예전에 친정 막내가 공무원 시험에 합격하고, 그동안 준비했던 사법고시 공부를 그만둔다 했을 때 남편은 서울까지 가서 용돈을 쥐여주며 법대를 나왔으니 사법고시에는 끝까지 도전해 봐야 한다고 설득했었다. 그 덕분에 동생은 결국 사법고시에 합격했었다. 그렇게 다른 사람에게도 용기를 북돋워 주던 사람이었기에 난 그 사람이 반드시 박사 학위를 받을 거라 믿었다. 남편이 공부에 집중하면서 집은 평화를 되찾아갔다.

공부를 시작하면서 한의원을 종종 비우게 되니 어머님이 걱정하셨고, 나는 가족을 위해 여러모로 더욱 신경을 썼다. 공부 잘하는 큰딸을 비롯해 아이들이 더욱 공부에 집중할 수 있도록 뒷바라지했고, 자폐아인 큰아들에게도 심리치료, 미술치료, 태권도 등 여러 가지 시도를 하며 더 나아지기를 기도했다.

아버님 잘 가세요

그 사람이 석사를 마치고 박사 코스를 밟기 시작할 무렵 병원에 계시던 아버님의 상태가 갑자기 안 좋아지셨고, 새벽녘에 남편과 내가 보는 앞에서 결국 먼 길을 떠나셨다. 지혜롭고 자애로우셨던 아버님은 항상 말없이 나를 지지해 주셨고, 그런 아버님이 큰딸의 죽음도 모른 채 가셨다는 사실에 나는 너무나 마음이 아팠다.

한번은 아버님 생신을 맞아 1주일 동안 집으로 모셔왔던 적이 있다. 다시 병원에 모셔다드리려고 차에 오르시는 걸 도와드리고 있었는데 갑자기 내 손을 잡으시더니 "아주머니, 잘 먹고 잘 쉬다 갑니다." 하시는 게 아닌가. 순간 눈물이 나려는 걸 간신히 참았었다.

그날 남편은 "너, 치매는 걸리지 마라. 나도 그러고 싶은데 인생이 내 뜻대로 되는 게 아니니."라고 걱정 섞인 한마디를 했다.

비밀

고1 때까지만 해도 장학반에 들 정도로 공부를 잘했던 큰딸이 2학년에 올라가면서 성적이 뚝뚝 떨어졌다. 새벽녘까지 잠도 안 자길래 가봤더니 공부는커녕 같은 학교에 다니는 둘째 딸과 함께 수다만 잔뜩 떨고 있었다.

나는 화가 나서 그만 큰소리를 내고 말았다.

"아빠는 나중에 너네한테 더 잘해주시려고 열심히 공부하러 다니시고, 아픈 동생 때문에 나도 너무 힘들어 죽겠는데, 너네까지 이렇게 내 속 썩일 거야?"

그러자 큰애가 갑자기 울음을 터트렸다.

"우리도 다 알아. 엄마 우리 친엄마 아니잖아. 우리 인생 간섭 말고 막내나 공부 시켜. 난 교대 안 가고, 사범대만 가도 바로 임용될 자신 있어."라며 대들었다.

'칭찬은 고래도 춤추게 한다'고 하길래 작은 일에도 항상 칭찬하고 자존심을 세워줬더니 이렇게 버릇없이 행동할 줄이야. 아이의 갑작스러운 행동에 당황해하면서 도대체 어떻게 그 사실을 알았을까 곰곰이 기억을 더듬어봤다. 얼마 전 아버님 장례식장에서 남편 사촌 누나가 식사를 하면서 "쟤들 엄마는 소식 듣는 단가? 더러 만난 단가?"라며 다른 사촌들에게 했던 말들을 아마도 우리 딸들이 다 들었던 모양이었다.

자식들과의 갈등

우리는 딸들이 대학에 들어가면 그때 말해줄 심산이었다. 예민한 사춘기에는 결코 도움될 일이 없겠다 싶어서 내린 결정이었다. 계속되는 갈등에 난 화를 참지 못하고 딸들을 현관문 밖으로 내몰고 가방도 밖으로 내던지며 나 보기 싫으면 할머니 집에 가서 살라고 소리치고 문을 잠가 버렸다.

막상 그렇게 애들을 내보내고 나니 걱정되어 견딜 수가 없었다. 독서실에 확인차 전화해 보았더니 다행히 잘 있었고, 공부를 마치고 밤늦게 돌아온 아이들은 휴대폰으로 전화해 문을 열어달라고 했다. 난 아무 말 없이 아이들을 방으로 들여보냈다.

한창 공부에 집중하고 있는 남편을 신경 쓰게 하고 싶지 않아 어머님을 찾아뵙고 고민 상담을 요청했다. 어머님은 나를 위로해 주시며 말했다.

"언젠가 누굴 통해서도 알 수 있는 일이긴 했다. 시기가 좋지 않았을 뿐이지. 네가 현명하게 잘 대처하는 수밖에 없지 않겠니. 나도 아이들 보면 잘 타이르마."

고등학생 딸들

그 뒤로 아이들이 특별히 반항하거나 말썽을 피우지는 않았지만, 예전만큼 공부에 집중하지는 못했다. 대부분 인자하셨던 아이들 담임 선생님들은 우리 딸들이 공부 빼고는 다 잘한다고 칭찬해 주시곤 했다.

하루는 애들이 나와 함께 TV 드라마를 보고 있었는데, 방에서 공부하다 나온 남편이 그 광경을 보고는 "쟤들 고등학생 아니냐?"라며 한마디 던지고는 곧바로 방으로 사라졌다. 그 당시 우리 집에서 유일하게 공부하는 사람은 '아빠' 뿐이었던 거다. 나는 그때까지도 아이들이 생모에 대해서 알고 있다는 걸 남편에게 말하지 않았다. 딸들이 자기들이 대학 가고 나면 그때 아빠에게 말하면 좋겠다고 부탁했기 때문이다.

박사 남편

남편은 석사도 2년, 박사 학위도 2년 만에 취득했다. 아들이 박사가 되었다는 말을 들으신 어머님은 크게 기뻐하시며 아픈 자식을 포함해 애들 넷을 돌보며 뒷바라지한 큰며느리가 정말 수고 많았다고 아낌없이 나를 칭찬해 주셨다.

우여곡절 끝에 큰딸은 완벽히 만족할 정도는 아니어도 그나마 원하는 대학에 합격해 장학금도 받으며 열심히 공부했다. 훗날 딸은 고등학교 시절에 더 열심히 했으면 하는 후회도 많이 했다.

이듬해 둘째 딸까지 대학에 보냈고, 나는 아픈 큰아들에게 더 정성을 쏟을 수 있었다. 그동안 꾸준히 치료와 상담을 받아왔어도 특별히 좋아지는 점이 없어 답답했지만, 난 더 좋아질 수 있다는 희망의 끈을 놓지 않았고 새로운 시도를 계속하려고 노력했다.

무뚝뚝한 한의사

어느 날 갑자기 남편이 나에게 한의원 일을 좀 돕는 게 어떠냐고 물어왔다. 5년 이상 우리 한의원에서 성실하게 근무했던 직원이 결혼해 순천을 떠나게 되었다며, 이번 기회에 내가 나와 한의원 일을 전체적으로 배워두는 게 좋겠다고 했다.

간호사 면허가 있었던 나는 직원 뽑을 때 면접만 종종 보곤 했었는데, 본격적으로 나와서 일을 도우라니 처음엔 정말이지 너무 부담스럽고 나가고 싶지 않았다. 내 상태를 눈치챈 남편은 지금 직원이 부족한 건 아니니 오후에만 잠깐씩 나와서 병원 돌아가는 상황만 파악하라고 했다. 식당을 해도 주인이 직접 나서서 친절하게 잘하면 장사가 더 잘되는 거 아니냐면서……

내가 봐도 남편은 친절과는 조금 거리가 먼 한의사였다. 실력이 좋다는 소문 때문에 한의원을 찾았다가 특유의 무뚝뚝한 성격 때문에 오해하는 환자들도 종종 있었다. 그래도 그 사람은 정말 중요한 건 실력과 환자를 대하는 진심이라는 신념을 굽히지 않았다.

동네 아줌마

나는 결국 매일 잠깐씩이라도 한의원에 들러서 일을 봤고, 퇴근 후 남편 친구 내외와 부부동반 모임에도 종종 참석했다. 하루는 모임을 마치고 집에 돌아오는데 남편이 갈수록 옷을 왜 그렇게 입는 거냐고 타박을 했다. 원장 마누라에서 박사 마누라까지 만들어줬는데 옷이라도 좀 잘 입고 나오면 안 되느냐는 거였다. 정장 바지나 롱스커트를 좋아하던 그는 내 패션스타일이 영 맘에 안 들었던 모양이다.

"갑옷도 아니고 맨날 단벌 패션이고. 내 카드 긁어서 사는 옷들은 장식품이냐? 머리는 또 그게 뭐냐? 동네 아줌마처럼!"

동네 아줌마란 말에 질 수 없어 나도 쏘아붙였다.

"내가 카드 쓰는 것보다 기호 씨 술값, 밥값으로 나가는 돈이 더 많거든? 맨날 혼자 다 내잖아! 그리고 이제 나 동네 할머니 될 나이야!"

좌병우치 상병하치

평소 골프를 많이 치는데 오른쪽 어깨가 심하게 아프다며 한의원을 찾은 환자가 있었다. 남편은 늘 하던 대로 반대편인 왼쪽 어깨에 침을 놓았는데, 환자가 화를 버럭 내며 왜 엉뚱한 곳에 침을 놓는 거냐며 소리를 질렀고 남편도 함께 화를 내며 "나도 당신 같은 사람한테는 침 안 놓을 테니 나가세요."라고 했다. 환자가 '좌병우치 상병하치(左病右治 上病下治)'라는 전통적인 침술의 원리를 몰라서 생긴 해프닝이었다.

환자는 보건소로 협회로 전화를 걸어 항의해댔는데, 정작 보건소나 협회 쪽에서는 오히려 그 원장이 실력 있고 침도 잘 놓는 분이라고 잘 설명해 주었다고 했다. 결국 그 환자는 다시 한의원을 찾아왔고 치료를 잘 마무리할 수 있었다.

이듬해에는 한 여성 환자가 허리가 아프다며 침을 한 번 맞고 갔는데, 며칠 후 아버지와 함께 한의원에 찾아와 그때 맞은 침 때문에 밤중에 응급실에 실려 갔었고, 결국 서울에 가서 허리 수술도 했다며 다짜고짜 병원비를 내놓으라 했다.

남편은 차분하게 그 사람들에게 본인의 입장을 설명했다.

"나는 약침이나 봉침은 물론 뜸 치료도 안 하는 사람이고, 절대 먼저 환자들에게 한약도 권하지 않습니다. 그만큼 양심적으로 또 원칙적으로 진료를 보고 있어요. 만약 침 한 번으로 허리를 상하게 했다는 증명 서류만 제시해 주시면 피해액을 보상하겠습니다."

더는 대응할 방법이 없다고 생각했는지 그들은 일단 조용히 돌아갔다.

남편은 '의사는 장사꾼이 아니다'라는 본인만의 원칙을 정말 고집스럽게도 지켜온 사람이었다. 누구보다도 약초 공부를 많이 해서 약에 관해서는 다른 원장님들도 남편에게 묻는 경우가 많았다. 그래도 그는 약을 함부로 환자들에게 권하지 않았다.

나쁜 소문

그 여자 환자에게서 다시 연락이 오지는 않았지만, 이번엔 동네에 '양기호가 환자 허리를 부러트렸다더라'라는 소문이 떠돌기 시작했다. 다음 날부터 나는 한의원 대신 환자 직장으로 찾아갔다.

이 좁은 동네에서 우리 남편 양기호 원장을 모르는 사람이 어디 있냐고, 정말 그런 사실이 있다면 증명을 하고 돈을 받아 가시라 했더니, 아픈데 왜 자꾸 찾아오냐며 되려 짜증을 냈다. 남편은 직장으로 자꾸 찾아가면 민폐라며 인제 그만 가라고 했다.

나중에 안 사실이었지만, 그 환자는 예전에 눈길에 미끄러져 허리를 심하게 다친 후 치료한 기왕력이 있던 사람이었다.

요양병원의 꿈

그 사람이 유명해질수록 작은 일에도 잡음이 생기는 것도 신경 쓰였고, 뭔가 새롭게 도전하고 변화를 주고 싶다는 생각을 많이 하게 됐다. 나는 어머님께 찾아가 나중에 본가 주택을 안 주셔도 되니 지금 서면 농장을 주시면 기호 씨와 함께 한방요양병원을 한번 해 보고 싶다고 말씀드렸다. 남편도 진즉부터 요양병원을 하고 싶어 했기에 심사숙고 끝에 드린 부탁이었다.

예상과 달리 어머님은 쉽게 허락해 주셨다. 처음으로 드린 부탁이기도 했고, 다른 자식이나 며느리보다 유난히 나를 예뻐하신 덕분이라고 생각했다. 어머님은 큰살림 도와주면서 싫은 내색 한번 없이 남편 뜻 받들고 사는 내가 기특하다며 자주 칭찬해 주셨다.

소유권 이전 등기가 나오자 나는 남편에게 가져다줬고 그 사람은 "네가 엄마한테 말했냐"라고만 물었다. 그런데 그 후로 한 달도 안 되어 어머님이 나를 부르셨다. 동생이 2천 평이 넘는 서면 농장 땅을 형 혼자 하냐고 서운해했다는 것이다. 그러니 그 땅은 형제 셋이 나란히 소유하는 것으로 하고, 나중에 본가 주택은 우리가 맡아 신축해 함께 사는 게 어떠냐고 말씀하셨다. 어머님 입장을 이해 못 하는 건 아니었지만, 속으로 많이 서운했다. 그동안 돈이라 하면 1만 원도 부탁드린 적이 없었고, 고민 끝에 처음으로 드린 말씀이었기에 실망감은 더욱 컸다.

한없이 작아지는 나

내 남편 양기호 씨가 이 사실을 알게 되면 과연 어떻게 반응할지 나는 너무 무서웠다. 아니나 다를까 아들 셋이 공동소유했으면 한다는 어머님의 말씀을 듣더니 그 사람은 "난 필요 없으니, 알아서 하세요!"라며 소리를 질렀다.

그날 밤 술을 잔뜩 먹고 들어온 남편은 "너 한 번만 더 엄마한테 뭐든 부탁하면 정말 나한테 혼날 줄 알아!"라면서 돌아가는 선풍기를 박살 냈다. 나는 겁에 질린 채 그저 바라보고 있을 수밖에 없었다.

놀라신 어머님은 한의원으로 남편을 찾아가 설득하다 포기하시고 물으셨다.

"그럼 니 안사람 이름으로 해주면 되겠냐?"

이미 대쪽같은 자존심에 상처를 입은 남편은 끝내 필요 없다고 화를 내며 말했다.

"단 한 평이라도 집사람에게 주시면 정말 큰일 날 줄 아세요!"

결국 어머님은 눈물을 흘리며 집으로 돌아가셨다.

얼마 후 그 사람이 "네가 어머니한테 너라도 달라고 얘기한 거냐?" 하길래 난 아니라고 했다.

"너 내 성격 알지? 허튼짓하지 마라, 알았어?"

언제나 강한 어조로 말하는 남편에게 난 가끔 서운했다. 밖에선 존경받는 남편이 집에서 종종 화를 심하게 낼 때면 정말 괴로웠다. 한 성격하는 것으로는 둘째가라면 서러운 나도 내 남편 앞에서는 한없이 작아질 수밖에 없었다.

요양병원 꿈을 내려놓다

　며칠 후 난 아침 일찍 어머님을 찾아뵈었다. 식전 댓바람부터 나타난 큰며느리를 보시고 어머님은 어서 오라고 하셨다. 그날 난 어머님께 처음으로 화를 냈다.

　"제가 언제 어머님께 뭐 부탁드린 적 있었나요? 어머님이 끝까지 중심을 잃지 않으셨다면 이런 상황이 되지는 않았을 거예요!"

　그때 함께 있었던 시동생은 어머님이 형수를 제일 걱정하셨다며, 아침부터 와서 꼭 이렇게까지 해야 하냐고 뭐라 했다. 너무나 화가 났던 나는 어머님과 시동생이 시댁 식구라는 사실도 잊은 채 흥분하고 있었다.

　한 달쯤 지나 다시 어머님께 가서 너무 죄송하다고 말씀드렸더니, 괜찮으시다며 다 풀고 살자고 하셨다. 물거품이 된 요양병원의 꿈을 뒤로 한 채 난 한동안 남편의 눈치를 살폈고, 한의원과 집을 오가며 바쁘게 지냈다.

지척이 천리

　남편 친구 중 집에 사람 초대하는 걸 즐겨 하는 분이 있었는데, 그 무렵 우리는 퇴근 후 그분 댁에 종종 초대되곤 했다. 사람 만나는 걸 딱히 좋아하지 않는 내가 자주 가려고 하는 게 이상했는지 한번은 그 사람이 "너 오늘도 네가 전화한 거지"라고 물어본 적도 있었다. 남편은 남의 집에 가는 걸 무척이나 싫어했다. 나 역시 좋아하는 건 아니었지만 그분과는 마음이 잘 통해 딱 그 집에만 갔었다.

　남편은 사위가 가면 허리 아픈 장모님이 더 힘들어하신다며 가까운 친정도 잘 찾지 않았던 사람이다. 친정 부모님은 '지척이 천리'라면서 야속한 사람이라고 역정도 여러 번 내셨다. 1년에 한 번, 설에 찾아뵙고 물만 먹고 오는 것이 다였다. 하지만 예의와 도리를 중시했던 남편은 친정 부모님이 편찮으시다면 제일 먼저 달려갔고, 친한 친구나 지인들과의 식사비나 술값도 웬만하면 거의 다 본인이 냈다. 또 아무리 사소하더라도 문자로 알려온 경조사에까지 반드시 성의를 표시했다.

대학생이 된 딸들

대학생이었던 두 딸은 방학 때면 집에 와서 동생들을 챙기고 집 안일을 도왔다.

"너희들 대학생 되었다고 남자친구 사귈 생각 말고 공부나 열심히 해!"

오랜만에 본 딸들에게 난 잔소리부터 했다.

"아니, 보리 씨, 왜 그래? 민주적인 엄마가……. 사감 선생님처럼 그러지 말아요. 남자친구도 못 사귀게 하고…….."

큰딸은 멋쩍게 웃으며 투덜거렸다. 아이들은 친근감의 표시로 남편이 나를 부르던 애칭인 '보리'를 자주 사용했다.

딸들에게는 좋은 운명도 나쁜 운명도 모두 자기가 만드는 거라고, 공부 열심히 해서 좋은 직장에 자리 잡을 때까지 연애할 생각말라고 항상 철저하게 가르쳤다.

옆에서 잠자코 듣고 있던 남편은 남자 많이 만나 봐야 훈장 아닌 주홍글씨만 달게 되는 법이라며 내 말을 거들었다.

"감정·낭비 안 하는 쉬운 만남은 간단해서 좋을 수 있지만, 나중에 결국 남의 입에 오르내리게 되어 있어."

실력 좋은 남편이 점차 명성을 얻으니 우리 가정사에 대해 뒷말을 하는 무리도 늘었다. 우리 가족 이야기를 제3자를 통해서 들을 때면 남편과 나는 많은 스트레스를 받았지만, 서로 내색은 하지 않았다.

남편은 오랜만에 애들도 왔으니 드라이브도 하고 시장도 좀 보러 나가자고 했다. 달리는 차 속에서 난 우리를 시기 질투해 뒷말하던 사람들을 생각하며 창밖을 내다보고 있었는데, 그 사람도 같은 생각을 하고 있었는지 날 선 눈빛으로 혼자 중얼거리고 있었다.

엄격한 원장님

나는 매일 오후 잠깐씩 한의원에 나가 앉아 있기는 했지만, 원래부터 억지로 나간 것이기에 처음엔 열심히 일을 배우지도, 내 일처럼 돕지도 않았다. 한 직원이 임신해서 병원을 그만둘 무렵, 내 모습을 못마땅해하던 남편이 나를 원장실로 불러서 강한 어조로 훈계를 시작했다.

"너, 뭐가 제일 어렵냐? 밥할 때 수학 필요하든? 한의원에서는 산수만 잘하면 되고 계산기도 있잖아. 이 기회에 확실하게 배워 둬!"

젊었을 땐 늘 낮고 부드러운 말투였는데 세월이 갈수록 자상함은 사라졌고, 마치 선생님이 학생 가르치듯 엄격하기만 했다. 다른 모든 사람에겐 깍듯이 존대해도 나에겐 늘 반말이었다.

그때부터 남편과 시동생으로부터 병원 운영 전반에 대해서 열심히 배우기 시작했다. 남편은 뭐든 차근차근 이해하기 쉽게 가르쳐주었지만, 예전만큼의 따뜻함은 없었다. 머리 좋고 응용력 뛰어난 남편과 기억력 좋은 나는 꽤 잘 맞았다.

그렇게 병원 일에 익숙해질 무렵 직원이 바뀔 때면 내가 직접 직원 교육을 했다. 모든 직원이 엄격한 원장님을 어렵게 생각한 탓에 내가 직원들을 가르치는 경우가 많았다. 비록 직원들에게는 무서운 원장님이었지만, 나보다도 직원들에게 더 신경 쓴 사람은 바로 남편이었다.

속사랑

　남편에게서 비록 따뜻한 말투는 사라졌다 할지라도 내가 편안할 수 있도록 세심하게 신경 써주는 건 여전했다. 큰아들을 데리고 서울 병원에 다녀오거나, 해외여행을 다녀올 때면 늘 시간 맞춰 공항이나 기차역으로 마중을 나왔다.

　항상 운전기사를 자청했던 그는 내가 시장에만 가도 항상 데려다줬고, 백화점에 가면 너무 오랫동안 쇼핑하지 말라고 잔소리는 했어도 차에서 나를 잘 기다려줬다. 그렇게 눈에 보이는 애정표현 대신 언제나 말없이 나를 챙겨주었다. 예쁜 화분을 사다만 놓고 내가 잘 돌보지 못하자 식물도 사랑을 줘야 하는 법이라며 열심히 가꿔줘 베란다와 거실을 푸르게 물들이기도 했다.

큰아들에 대한 사랑

　어느 날 큰아들이 말도 안 듣고 힘들게 해 나도 모르게 육두문자를 썼더니 안방에서 책을 보던 남편이 나와 보고 있던 책으로 나를 찌르며 말을 쏟아내기 시작했다

　"넌 전생에 백정이었는갑다. 내 성질 좀 건드리지 말아라. 내 성질 건드리는 사람은 정말 너밖에 없다. 세탁기는 대체 왜 종일 돌아가는 거냐. 시끄러워 죽겠다. 식당 가서 냅킨 한 통씩 쓰는 습관도 좀 고쳐! 성질 죽일 때 확실하게 좀 죽이고! 조그만 게 똥고집만세 가지고."

　한바탕하고 싶은 말을 마친 남편은 문을 쾅 닫고 도로 들어가 버렸다. 빨래할 때면 늘 기본적으로 세탁기를 2~3번씩 돌리고, 식당에 가면 멀쩡한 식탁을 닦느라 냅킨을 잔뜩 쓰곤 하는 내 결벽증스러운 모습이 꽤나 마음에 안 들었던 모양이었다. 기분이 상한 내가 계속 혼잣말을 하자 둘째 딸이 아빠가 멈추려 하면 엄마가 또 시작하는 것 같다면서 나를 원망했다.

　다시 방에서 나온 남편은 조금은 진정되었는지 조곤조곤히 말

을 이어갔다.

"그렇게 계속 의미 없는 돈 들여가며 그러지 말고, 시설이나 병원을 진지하게 알아봐라. 우리가 데리고 있는 게 능사가 아니다. 다른 애들도 힘들고 넌 갈수록 성격도 거칠어지잖아. 요즘은 거의 쌈닭 수준 아니냐."

큰아들 문제로 다투는 일도 잦아지면서 남편도 스트레스를 많이 받았다. 그래도 나는 포기하고 싶지 않은 마음에 이런저런 시도를 계속하며 아이에게 정성을 쏟았다. 남편은 매사에 단호하고 칼 같은 사람이었지만, 이렇게 내가 원하는 일이면 언제나 내 편이 되어줬던 단 한 사람이었다.

하루는 어머님께 전화 드려 신세 한탄을 했다. 힘든 일이 있으면 난 친정보다 항상 어머님이 먼저 떠올랐다. 큰아들 때문에 힘들어하는 내게 어머님은 20살까지 키워보다 안 되면 시설이라도 알아보는 게 어떻겠냐고 하시며, "네가 마음은 아프겠지만……."이라고 말끝을 흐리셨다.

마음이 따뜻한 어머님

어머님은 본가 주택을 우리에게 양도하고 바로 앞에 새로 집을 지어 잘 지내셨다. 남편은 그곳이 어머님 텃자리라 서운하실 거라며 얼마를 챙겨드렸다. 어머님은 나에게 남편이랑 싸우면 당신 집으로 와서 삼겹살에 맥주나 한잔하자고 하셨지만, 남편 성질을 누구보다 잘 아는 나에게는 어림없는 소리였다.

부부싸움을 해도 절대 내가 나가선 안 됐다. 그럼 그걸로 끝이라는 얘기니깐. 싸우고 나면 항상 그 사람이 "여긴 네 집이니 내가 나간다!"면서 차를 가지고 나가 오래도록 드라이브로 화를 삭이고 돌아왔다.

남편이 세미나를 갔었던 어느 날 오후 난 아이들과 어머님 집에서 시간을 보냈고, 남편이 데리러 왔을 때 "어머님, 이제는 집 밖에서 손 흔들어 주세요."라고 웃으며 부탁했다. 어머님은 알았다 하시더니 정말 골목 끝까지 따라 나오셔서 차가 멀리 사라질 때까지 손을 흔들어 주셨다.

친정에서는 자식들이 집에 오갈 때 항상 마중 나오시고 따스하게 배웅도 해주셨다. 나도 아이들 마중은 못 나가도 배웅은 절대 잊지 않았다. 그런 것에 익숙해선지 늘 집안에서만 인사해 주시는 어머님이 가끔 서운하기도 했었다.

남편은 어머님이 형제들을 다 강하게 키워 본인이 군대에 들어갈 때도 돈 3천 원을 주시며 혼자 가라고 하셨다고 했다. 그랬던 어머님이 내 부탁에 대문 밖에서 친히 배웅해주시다니……. 시간이 갈수록 점점 더 따스한 어머님의 마음이 느껴지는 순간도 늘어갔다.

어머님 검사

2010년 11월의 어느 주말. 우리는 어머님을 모시고 경주로 1박 2일 여행을 다녀왔는데, 남편은 어머님 얼굴이 안 좋아 보인다며 병원에 한 번 모시고 다녀오는 게 좋겠다고 했다. 어머님께 병원에 가보자고 말씀드리자 괜찮다고 나이 들면 다 그런 거라고 손사래를 치셨다.

이듬해 설 무렵 어머님의 건강이 눈에 띄게 나빠지고 열도 자주 나 병원에 입원했고, CT 검사 결과 큰 병원을 가보는 게 좋겠다고 해서 서울대병원에 빠르게 예약을 했다. 아버님이 서울대병원에 입원하셨을 때 수술을 담당했던 과장님에 대한 신뢰가 커 주저 없이 다시 찾은 병원이었다.

지금은 성함도 얼굴도 기억이 안 나지만 아버님을 살뜰히 보살펴주셨던 과장님이셨다. 치매까지 앓고 계셨던 아버님을 수술해주셨고 밤중에도 시간 날 때마다 입원실을 찾아와 상태를 꼼꼼히 살펴 주셨다. 형님도 아버님 퇴원하실 때 과장님께 꼭 따로 인사를 드리라고 하셨을 정도로 우리 가족에겐 고마운 분이었다.

췌장 미부암

　예약한 날짜가 되어 우리는 어머님을 모시고 서울대병원에 갔고 여러 가지 검사를 마친 후 얼마간의 기다림 끝에 결과를 확인할 수 있었다. 결과는 정말 뜻밖이었고 절망적이었다. 항암을 할 수 없을 정도의 말기 췌장 미부암이었다.

　열이 많이 났던 어머님은 우선 입원을 하셨다. 담당 교수였던 류 교수는 바람처럼 회진을 왔다 바람처럼 사라지곤 했다. 어머님은 내가 친정 부모님보다 더 존경하고 애정했던 분이다. 너무 가까운 곳에 살아서 친정집 사정과 사연을 누구보다 잘 아셨지만, 큰며느리 입장 생각해서 우리 가족 누구에게도 사돈집 이야기를 일절 하지 않으셨다. 내게도 돌아가실 때까지 내색 한 번 하지 않으셨던 분이었다. 한 달 후 퇴원하는 어머님을 우리 집에 모셨다.

어머님 사랑해요

어머님을 모시고 서울대병원 외래를 다시 찾았는데, 류 교수는 일단 항암을 해 보자고 했다. 치료보다는 유지의 의미가 크다고 했다. 그래서 얼마 정도 더 사실 수 있느냐는 질문에 항암을 하면 1년 정도라며 짧고 간단하게 답했다. 나는 어머님이 힘든 항암치료를 받으시더라도 내 곁에 오래 계셔주기를 간절히 바라며 서울과 순천을 오갔다.

우리 집에 계시는 동안 어머님은 의식적으로 식사도 열심히 하셨고, 친구분들도 종종 만나셨다. 통증은 어쩔 수 없어서 가끔 마약성 진통제를 써야 했다. 어머님은 내가 특별히 잘한 것도 없는데 매일 "우리 큰며느리가 최고다." 하며 예뻐하셨다.

외래 진료를 마치고 서울에서 돌아오던 어느 날이었다. 그때만 해도 KTX가 없어 고속버스를 탔었는데 멀미가 유독 심한 나는 약을 두 알씩이나 먹고 곯아떨어졌다. 덕분에 휴게소에 정차했는데도 어머님이 휴게소 이용을 못 하셨다. 깜짝 놀라 잠에서 깨 죄송해하는 나에게 어머님은 "멀미약이 보약도 아닌데 앞으론 한 개만 먹어라." 하셨다. 그 뒤로는 버스 탈 때 한 알씩만 먹었는데도 용케 괜찮았다.

차도가 좀 있으셨던 건지 어머님이 며칠 집에 다녀오고 싶다고 하셔서 우리는 금방 오셔야 한다는 당부를 하며 차로 모셔다드렸다. 남편은 매일 퇴근 후 어머님 댁에 들렀는데, 며칠 지나지 않아 어머님의 상태가 급격히 안 좋아져 서울대병원으로 옮길 새도 없이 가까운 병원의 중환자실에서 그만 숨을 거두시고 말았다. 나를 많이 아껴주시고 사랑해 주셨던 어머님을 보내고 난 한동안 많이 힘들었다.

헛소문으로 올라간 건물

어머님이 돌아가시고 얼마 되지 않아 동네에는 우리가 용당동에 병원 건물을 크게 신축한다는 소문이 돌았다. 사람들은 언제 이사하는 거냐고 물었고, 난 "우리도 모르게 건물이 올라가나 보네요?"라고 퉁명스럽게 답하곤 했다.

남편은 없다고 하는 것보다는 있다고 하는 게 더 좋지 않냐면서 너무 쌀쌀맞게 굴지 말라고 했다. 그 무렵 병원은 항상 환자들로 붐볐고, 남편은 늘 최선을 다해 환자를 치료했다. 남편에게 치료받은 환자 중에 마니아층이 형성될 정도여서 식사 대접을 하겠다는 분들도 많았다. 그럴 때마다 남편은 "나중에, 집사람과 함께요."라고 답했다.

집에서 막걸리 한잔 어때

남편은 한약을 달일 때도 내가 먹는다고 생각하고 정성을 기울일 것을 강조했다. 정수기 물을 사용하는 것은 당연한 일이고, 약재를 선별하고 관리하는 일도 늘 본인이 직접 했다. 어쩌다 침 맞으러 오신 어르신들의 속옷에 대소변이 묻어 있는 걸 보고 직원들이 인상을 찌푸리면 남편은 "너네도 나중에 늙는다. 환자를 진심으로 대하는 태도를 길러라."라며 호통을 쳤다.

꼭 필요한 말만 하고 약도 잘 권하지 않는 한의사로 유명했던 그 사람에게 어떤 환자 한 명은 대놓고 말도 안 되는 불평을 하기도 했다.

"다른 사람들은 침을 한 번만 맞아도 다 나았다는데, 왜 나는 여러 번 맞아도 차도가 없는 겁니까?"

누가 들어도 황당한 이 질문에 그 사람은 당당하고 침착하게 대응했다.

"병증이 심해 다른 병원을 전전하다 막차 타고 오신 분까지 단번에 낫게 해줄 엄청난 능력이 있었다면 제가 여기서 이러고 있지는 않았겠죠. ”

　이렇게 마음을 답답하게 한 환자가 있었거나 진료를 많이 보았
던 날에는 남편이 “명바라, 집에 가서 막걸리나 한잔하자.”고 했다.

진료비

남편의 양심적인 진료와 뛰어난 실력 덕분에 갈수록 우리 병원
은 유명해졌지만, 남의 입에 오르내리는 일도 많았다. 소문에 시달
리고 상처받는 일에 지쳤던 내가 이젠 어머님도 안 계시고 좀 멀리
떨어진 곳으로 가면 좋겠다고 했더니 남편은 우리를 괴롭히는 사
람보다는 좋은 사람들이 더 많다는 걸 생각하라고 했다.

"좋으신 분들도 많잖아. 쌀, 감, 고구마랑 감자까지 직접 농사지
은 귀한 것들 가져다주시는 분들도 있고. 그리고 남 흉만 보는 못
난 사람들은 어딜 가나 꼭 있기 마련이야."

내 말을 받아주지 않는 그에게 난 "그건 기호 씨가 진료비 안 받
고 그냥 보낸 분들도 많아서 그렇지."라고 했다. 남편은 간단한 진
료는 본인부담금도 안 받고 봉사하는 경우가 많았다. 진료기록부
에 p라고 표시를 하면 그 환자는 그냥 보내라는 뜻이었고, 그런 경
우가 전체 진료 건수 중에 월평균 50~60%가 넘었다.

그런 환자들이 나중에 답례로 들고 오는 선물 중에서도 농사지
은 거나 가벼운 건 받아도 과한 선물은 반드시 돌려주라고 했다.

한번은 나와 친분이 있는 지인이 서울에서 온 교수에게 우리 병원을 소개해줘서 왔었고, 침을 다 맞은 그분이 병원을 그냥 나서면서 신발장 위에 놓인 화분에 핀 꽃을 보고 이렇게 열악한 환경에서 꽃이 피었다고 한마디하고 나가자, 그걸 들은 남편이 치료비 받았냐고 물었다. 그래서 아니라고 했더니 "교수면 교수지, 어디서 말을 저렇게 해? 다음엔 오지 말라고 하든지 아니면 치료비 꼭 받아. 알았어?"라고 했다. 남편은 언젠가 떠날 사람은 떠나는 법이니 쓸데없이 포퓰리즘에 빠지지 말라고 했다.

상속세 내세요

어머님이 돌아가시고 1년쯤 되었을까. 어느 날 갑자기 병원으로 세무서 직원들이 찾아왔다. 난 무슨 영문인지도 모르고 원장실로 들어갔는데, 그 사람이 대뜸 "너, 나 몰래 어머니한테서 돈 받은 거 있냐?"고 물었고 난 아니라고 했다. 세무서 직원들은 큰아들이니 많이 상속받지 않았느냐면서 상속세가 체납되어 왔다고 했다.

그러자 남편은 "나는 공부시켜 주신 거로 감사했고, 본가 주택한 채랑 부모님 묘지 땅밖에 받은 게 없습니다. 그것도 모두 증여세를 냈습니다."라고 했다. 세무서 직원들은 어쨌든 소명을 좀 해 달라면서 자료를 한 묶음 놓고 갔다.

환자들이 많이 대기하고 있는데도 불구하고 그는 동생들에게 돌아가며 전화를 해 "돈을 받았으면 너희가 세금을 내야지, 왜 이 딴 게 나한테 오는 거냐! 당장 다 모여! 안 그러면 내가 쫓아가 다 들 가만 안 둬!"라며 무섭게 소리를 질렀다.

원장실에서 들려오는 고성에 밖에서 숨죽이며 기다리던 환자들은 원장실에서 내가 나오자 "오늘은 가고 내일 다시 올까요?"라고 물었고 "이왕 오셨으니 진료받고 가셔야죠. 조금만 더 기다려주세요."라며 양해를 구했다.

욕심

퇴근하는 차에서 나는 한마디 했다.

"자세히는 모르지만, 동네 사람들이 말로 우리 빌딩을 올려줘서 이상하다 싶었는데, 알고 보니 어머님이 아파트 들어선 용당동 땅 보상받아서 자기 동생들한테 다 줬는갑네."

조용히 듣던 그 사람은 한기가 가득 서린 말투로 대꾸했다.

"차에서는 입 다물어라. 황천길 가고 싶지 않으면."

냉랭한 침묵 속에서 우린 집에 도착했다.

그날 저녁 나는 공부하듯이 그 서류들을 꼼꼼히 훑어보았고, 돈이 날짜별로 빠져나가긴 했는데 도대체 누구한테 갔는지가 적혀 있지 않았다. 난 결국 어머님이 거래하셨던 은행 두 군데를 열심히 쫓아다니며 하나하나 밝혀냈다. 알고 보니 적지 않은 돈이 남편 동생들과 조카들에게 흘러간 것이었다. 어머님은 내 것이 아닌데도 불구하고 누구한테 무엇을 주실 때면 꼭 나에게 말씀을 해주셨었기에 적잖이 실망했다. 생색내고 싶은 마음은 추호도 없었지만, 시부모님 병원비나 생활비도 우리가 많이 충당했었는데…….

은행에서 자료를 모두 뽑아다 회계사 통해 정리해 세무서에 넘긴 날 세무서 직원이 "큰 아드님 내외분이 어머니와 사이가 안 좋으셨나 보다."라고 말했다. 가산세가 붙어 일반 가정에서는 흔치 않은 금액의 세금을 모두들 냈다.

그날 밤 나는 남편에게 따지듯이 말했다.

"어머님이 내가 돈 욕심이 없어서 예뻐하신 거였네. 돌아가신 형님 대신 조카들 챙기신 건 이해해도 이건 좀 너무한 거 아닌가. 돈을 받았으면 상속세는 제대로들 낼 것이지. 나를 못 잡아먹어서 안달인 독종 양기호 씨! 당신 형제들도 별 볼 일 없네!"

작정하고 속을 건드렸지만, 할 말이 없었는지 그 사람은 조용했다.

1천만 원의 사랑

한 달 후 그 사람이 자식들이고 남편이고 신경 쓸 것 없이 오직 나만 위해서 쓰라며 돈 1천만 원을 주며 말했다.

"우리 엄마 미워하지 마라. 그래도 너 많이 예뻐하셨잖아."

그날 난 애들한테 특별 보너스라며 돈을 조금씩 나눠주었고, 둘째 딸은 이게 웬 떡이냐 기뻐하며 "아빠, 적금 탔어?"라고 물었다.

그날 난 어머님을 뵈러 가서 오랜 시간을 보내다 왔다.

'어머님 죄송합니다. 많이 사랑해 주셨는데 감사했던 것도 잊고 제가 철없이 굴어서 저한테 가장 소중한 기호 씨 마음을 아프게 한 것 같아요. 용서해 주세요.'

시간이 흐를수록 무서운 누나와 형 때문에 동생들이 부모님께 더 의지한 게 아니었을까 하는 생각이 들었다.

순천의 허준

시간이 갈수록 그 사람은 더 열심히 환자를 돌봤다. 그에게 진료받아 건강을 되찾은 환자들이 그에게 화타(華佗, 중국 한나라 말기의 의사로 편작과 더불어 명의를 상징하는 인물), 허준 등의 닉네임을 붙여주기도 했다. 전통염색 장인이었던 한 분은 양기호 원장이 한강 이남에서 침을 제일 잘 놓는 한의사일 거라며 칭찬을 아끼지 않았다.

그 사람은 중국, 일본, 한국의 3가지 침법을 구사하는 데다가 장침을 비롯해 못 놓는 침이 없었다. 환자들이 많을 때는 진짜 기가 다 빠져나가 저녁이면 숟가락 들 힘도 없다 할 정도였다. 의사로서의 사명감이 누구보다 강했던 사람이기에 피곤함 따위는 뒤로한 채 항상 정성을 다해 진료했다.

그 무렵 남편 모임에서 다 같이 순천만국제정원박람회에 갔는데 그날 마침 문재인 대통령(대통령 되기 전이었음)이 방문해 악수를 청하려는데 옆에서 누군가 새치기해 기회를 놓쳤다. 아쉬워하는 나를 보더니 남편은 "아마 그 사람이 대통령이 될란갑다." 하며 웃었고, 머지않아 정말 19대 대통령이 되었다.

운전면허시험

남편이 늘 나의 운전기사가 되어준 덕분에 난 운전면허의 필요성을 못 느끼고 살았다. 그런데 나보다 나이가 한참 위인 지인 한 분도 면허증을 따고 도로 연수를 받는다고 해서 나도 한번 도전해 보고 싶은 욕심이 생겼다. 남편은 "하라고 해도 말 안 듣더니 웬일이냐? 면허증만 따 와봐. 연수는 내가 시켜줄게."라고 했다.

다음 날에 있을 필기시험 준비한다고 밤늦게까지 문제지 보며 공부하고 있으니, 남편이 옆에서 슬슬 놀려댔다.

"사법고시 보러 가냐? 100점 맞았다고 면허증 2개 주는 거 아냐. 일찍 자라. 시험 보러 광주 가려면."

시험을 마치고 나온 내게 100점이냐 물었고, 1개만 틀렸다고 하니 대답 대신 "너 뭐 먹을래?"라고 물었다. 그는 언제나 내 의사를 먼저 물어봐 주었다.

도로연수

마침내 면허증을 따냈던 첫 주말, 남편은 운전 연습을 시켜주겠다고 했다. 남편의 대형 세단이 부담스러워 소형차인 올케 차로 연습했으면 한다고 했더니, 그 사람이 그냥 본인 차로 하라고 했다. 겁 많은 내가 한참을 망설이고 있자 그냥 따라오라고 했다.

금실 좋은 부부도 운전 가르쳐주다 대판 싸우는 일이 허다하다고 하니 걱정이 이만저만이 아니었다. 내가 겁먹을까 봐 그랬는지 불같은 성격의 그 사람도 운전은 차분하게 잘 가르쳐주었다. 올케랑 동생도 한 번씩 돌아가며 연수를 시켜줬는데 나름대로 감각이 좋은 것 같다는 칭찬도 들었다. 그렇게 어느 정도 운전이 익숙해지자 남편이 본인 차 가지고 한 번만 더 해 보고 잘하면 나한테 맞는 차를 사준다고 했다.

자체 시험에 나선 날, 실수로 급브레이크를 밟았고 그 사람 이마에서 피가 비치는 걸 본 나는 바로 포기하고 말았다. 그 뒤에 남편이 학원 가서 마저 연수받고 오라 했지만, 쉽지 않은 일이었다.

췌장염 증상

2014년 9월쯤 남편에게 췌장염 증상이 나타났다. 스트레스도 심했고 술 먹는 모임도 많았기에 어쩌면 당연한 결과였다. 한동안 무리하지 않고 열심히 치료해 완치되었고, 12월에 광주병원에서 2년마다 하는 종합검진을 받았다.

그 사람은 스트레스 수치가 높았지만, 췌장 CT를 비롯해 별다른 이상은 없었다.

난 수면내시경을 했는데 꽤 오랫동안 깨지 않아서 그 사람이 계속 곁을 지키고 있었다고 했다. 마취에 민감한 나는 예전에도 친구가 일하는 병원에서 수면내시경을 받고 한참 동안 못 깨어난 적이 있었다. 가까스로 정신을 차린 나를 태워 돌아오는 길에 남편은 "너, 다음부터는 절대 수면내시경하지 마!"라며 큰소리로 말했다.

양기호 한의원

    남편은 지역에서 명의로서의 명성을 차곡차곡 쌓아가고 있었다. 어떤 분은 목욕탕서 넘어져서 119를 불렀는데 응급실에 가지 말고 양기호 한의원으로 가 달라면서 예전에 허리가 정말 아픈 적이 있었는데, 양기호 한의원에 기어서 들어갔다가 걸어서 나왔다는 경험담을 전했다고 했다.

    그 환자분은 침 치료와 함께 약 4첩을 먹고 말끔하게 나으셨고, 그 뒤로 입소문을 많이 내주셨다. 어떤 분은 양기호 원장이 침으로 승부하고 약을 억지로 권하지 않는 것이 맘에 들어 주변에 많이 소개했다고 했다. 체중감량을 원하는 환자에게는 약에 의존하지 말고 소식하면서 꾸준히 운동할 것을 권유했고, 식욕을 다스릴 수 있는 침을 놓아주는 정도로 진료했다.

    한의대 이전에 전자공학도 전공했었지만, 그 사람은 전자 차트 대신에 늘 진료기록부에 직접 기록했다. 환자 한 명 한 명에 대해서 조금 더 확실히 기억하려는 의도가 아니었을까. '석곡'으로 석사를, '소엽'으로 박사 학위를 받았던 그 사람은 환자 상태에 따라 특정 약재를 아끼지 않고 추가로 처방했다. 그런 경우에는 비용을 좀 더 받아야 하는 거 아니냐고 물었지만, 돈이 중요한 것이 아니라 환자가 내 약을 먹고 잘 낫는 것이 중요하다고 했다.

췌장 두부암

2015년 설이 막 지났을 무렵, 남편은 자꾸만 살이 빠졌다. 가까운 병원에서 검사해도 이상이 없다 했지만, 그 사람은 어깨가 아프다며 골프도 그만두고 입맛도 없다 했다. 점점 입이 짧아지는 그 사람에게 맛있는 음식을 해주려고 나는 자주 장에 들렀다.

몸 상태는 안 좋았지만 늘 환자들로 붐비는 한의원을 비울 수 없어 진료는 꾸준히 했다. 봄이 오면서 갈수록 그 사람 체중이 줄어 또 검사했는데도 이상을 찾을 수 없었고, 당뇨약만 처방받았다. 5월 초 갑자기 혈당이 더 높아지고 눈에 황달 증상이 심하게 나타나 췌장CT와 MRI를 했고, 그 결과 췌장 두부암 진단을 받았다.

청천벽력이 바로 이럴 때 쓰는 말이리라. 나는 가슴이 터질 것 같았다. 내가 사랑했던 단 한 사람, 내가 원한 건 뭐든 들어줬던 그 사람이 암이라니. 하늘이 무너졌다. 오후 진료를 끝내고 집으로 돌아와 펑펑 우는 나에게 그는 조용히 말했다.

"오늘만 울어라. 언제 죽을지 모르는 놈 때문에 네가 무너지지 않았으면 좋겠다. 언젠가 될지 모르지만 나 없으면 네가 새끼들하고 살면서 힘든 일도 많을 텐데, 쓸데없는 감성팔이는 하지 말자. 나는 너를 강하게 만들었다고 믿는다. 앞으로 나 치료받는 동안 부부보다는 의사와 간호사로 살자. 나 혈당 관리도 잘해야 하고 신경 쓸 일 많을 테니 내 오더 잘 받고 감정 관리 잘하자. 서울대병원으로 예약해라."

그 누구보다도 놀라고 힘들었을 그 사람은 도리어 나를 위로해 주었다.

명희 아줌마 T.

둘이 만나 연애기간 1년이 바쁜 시간 속에서 흘러가고
또한 결혼한 지 6개월이 넘어서고 또한 예쁜 아들도 낳아서
많은 변함이 생겼구나 생각이 되오.
둘 서로 만나고 난 후 처음 들어보는 필.
시간의 만남과 함께 날마다 가는 시간과 오는 시간을
감지할 수 없을 정도로 바쁘게 가는 것이
이것이 세월인가 싶어 보여.
난 정말 명희 당신을 만나
단 한번도 증오하거나 미워해 본 적은 마음속에 없었오.
당신을 만나고 난 후 좋은 일이 더 많이 생겼고
항상 힘이 있었고 당신을 늦게 만났지만
정말 사랑하는 마음은 한이 없소.
이 못난 사람이 못된 성질 부려서 미안하고 죄송스럽소.
당신의 위치 힘들고 어렵고 까다롭지만
슬기롭게 잘 노력하고 최선을 다 하는 줄은 알지만
이 몸이 생활의 도가 부족한 탓인지
마음에 덕이 쌓이지 못해서 부족한 행동을 한 것
정말 부끄럽고 자신이 생각해도 한심하오.
앞으론 할 일이 많은 당신 또한 나 역시 할 일이 많은
구만리 같은 우리들이 아니오.
차분하게 살고 남들 보란 듯이

남들이 시기할 정도로 열심히 살고 행복하고 싶소.

정말 죄송하고 한탄스런 마음의 심정이오. 나를 용서해 주시오.

이유어하를 막론하고 앞으론

"양기호, 당신의 남편은 당신을 존중하고 당신을 아끼며 살고

우린 논쟁이 없는 그런 남편이 되겠오."

6년 만에 처음으로 필을 들어보니까 펜이 무겁소.

매사에 1분만 생각하고 행동하는 것을 노력합시다.

양기호 씀

8.15일 아침에

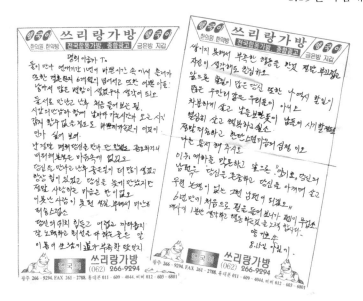

아버님, 어머님 보십시오.

어머님! 먼저 죄송하다는 말씀드립니다.

제가 어머님의 며느리가 된 지도 벌써 3년 하고 5개월이 지났습니다.

처음에는 어색하고 힘들었던 생활들이 차츰 익숙해져 갔고 부족한 것 많은 제게 이해심과 사랑을 베풀어 주신데 대해 항상 감사하게 생각하고 있습니다. 그동안 제게도 많은 변화가 있었고 우리 가족도 두 명이나 더 늘었습니다.

엄마로서의 책임감이 어느 때보다 많이 필요한 시기라고 생각합니다. 배불러서 다녔던 것이 엊그제 같은데 세월이 참 빠르네요.

어머님! 저한테 섭섭하신 것 있으시면 이번 여행에서 다 풀어 버리시라고 어렵게 펜을 들었습니다. 제가 어머님께 분가 말씀을 드리기까지는 저도 많은 고민과 갈등이 있었습니다.

제가 아플 때 이제껏은 아버님 어머님이 계셨기에 별 염려가 없었지만 이제는 저와 아이들 아빠만이 한 가정을 이끌어가야 하기 때문에 그 어느 때보다 아빠와 엄마로서의 책임감이 절실하다고 생각됩니다.

제가 분가와 분가하지 않는다는 것에 장·단점을 50% 정도만 생각하면서도 굳이 분가를 선택한 것은 아이들에게는 주변 환경을 한 번쯤 바꿔주고 싶었고, 저도 변화를 가져보고 싶어서입니다.

이 큰집에서 식구들이 한데 어우러져 살다가 식구들이 썰물처럼 빠져 나가면 아버님 어머님이 쓸쓸해 하실 것 같아 저도 무척 망설였습니다. 그리고 애들 아빠도 요즈음 심경이 편치않아 보입니다. 저희들의 분가가 다른 형제들에게 또 어떻게 이해가 되려는지 걱정도 되구요.

제가 이 집에서 사는 동안 어머님이 때로 무척 어렵게 느껴진 적도 있었지만 그래도 어머님은 저의 인생 스승이자 존경하는 어머님이셨고 다정한 친구셨습니다.

그래서 저는 소위 남들이 말하는 고부간의 갈등이란 것을 한번도 느껴보지 못했습니다. 오히려 어머님이 계셨기에 다른 형제들과의 반목과 갈등이 없었다고 봅니다. 어머님! 저희가 미덥지 못한 구석이 있더라도 지켜봐주세요.

열심히 살아볼게요. 제가 나가 있는 동안에도 아이들과 함께 자주 찾아뵐게요.

너무 외로워하지 마세요. 그리고 건강하시고 오래오래 사셔야 해요.

어머님! 어머님을 존경하고 사랑합니다. 아무쪼록 마음의 무거운 짐들일랑 훌훌 털어 버리시고 즐겁고 편안한 여행되시길 진심으로 바라면서 몇 자 적었습니다.

안녕히 다녀오십시오.

안녕하세요? 어머님

전화는 매일같이 해도 편지 쓰는 건 이번이 두 번째가 봐요.

세월이 참 빠르게도 지나가네요.

아버님 어머님 건강도 예전 같지 않으시고……. 잘하려고 해도 언제나 부족한 것 같아요. 많이 죄송하고…….

우리 어머님! 언제나 부족하기만 한 저에게 힘이 되어 주시고 감사드려요. 결혼 막했을 때는 너무 철이 없어 어머님께 심려만 끼쳐드린 것 같아요. 나이 먹어가면서 저의 단점을 많이 보완할려고 노력하는데도 그게 자꾸만 시행착오를 겪게 되네요. 어머님 제가 분가했던 거 지금은 섭섭하지 않죠? 그때는 그게 우리한테도 좋을 것 같고 또 제가 책임감을 더 느낄 수 있을 것 같아 그리했던 거랍니다. 제가 우리 아이들 넷의 영원한 엄마이고 또 어머님의 큰 자식이잖아요. 지난날 제가 때로 많이 속상하게 해 드리고 섭섭하게 했던 행동 다 잊고 좋은 것만 생각하세요. 제가 얘들 키우면서 많이 기뻤고 또 많이도 힘든 만큼 살면서 참 많은 걸 깨닫게 됩니다.

어머님 요즘 많이 쓸쓸하시죠. 그 연세에 아무 걱정이 없어도 적막하고 때로 많이 막막하실 텐데 인천형님까지 건강이 좋지 않아 마음을 어디에 둘지 모르리라 생각됩니다. 저라도 걱정을 끼치지 말아야 할 텐데 한 번씩 마음을 상하게 해드리고…….

제가 아이들 아빠한테도 좀 더 잘하도록 노력할게요. 그리고 형님도 빨리 건강이 회복되어 우리들도 자주 만날 수 있었으면 좋겠어요. 지난날 서로 섭섭했던 것은 생각해 보면 모든 것의 원인이 저에게도 많이 있었어요.

---문제 등……. 제가 각오했던 만큼 신뢰감을 주지 못해서…… 형님 입장에서는 모든 것이 마땅찮았을 거라는 거 요즘 많이 생각이 되요.

그래도 오늘의 저희들이 있는 것은 형님 덕이라는 거 잊지 않고 살아요.

어머님 건강하세요. 그리고 아프지 마시고 항상 즐겁게 사세요.

여행도 많이 다니시고…… 조금 멀어서 자주 못 찾아뵙고 반찬도 신경을 못써드려 죄송해요.

아버님도 항상 즐거웠으면 하는 마음입니다.

내일이 어버이날인데 친정엄마도 병원에 계시고 어머님도 항상 어디가 아프시다고 그러고 마음이 영 편치가 않네요.

양쪽 부모님들이 항상 건강했으면 하는 바람입니다.

어머님, 오늘 하루도 즐겁고 행복한 날이 되셨으면 하는 마음에서 몇 자 띄워봅니다. 언제나 근심없는 어머님 마음이 되시기를 바라면서…… 건강하세요.

2002년 5월 7일 화요일

나의 사랑 나의 빛 러블리마이마더에게……

엄마, 안녕

정말 미안해

내 등급…… 정말 4년제 국립대 가기도 힘들다는 거……

나 너무 슬프지만 엄마한테 너무너무 미안해.

마지막까지 나를 포기하지 않고 고액과외까지 해가면서 날 포기하지 않았지만,

결과적으로 난 -.- 보답하지 못한…….

이게 다 내가 수능전날 엄마 마음 아프게 만들어서 이렇게 된 것 같다고

속으로 생각하기도 하고…….

아, 도대체 왜 아버님은 날 만들었을까? 나 말고 다른 애를 만들었다면

그 아이는 안그랬겠지 생각도 하고, 죽고 싶다는 생각도 하고

내 머릿속이 정말 미쳐 버릴 것 같아 미안해 엄마…….

나도 왜 이렇게 됐을까 잘 모르겠오.

고3시절 동안 아무 생각 안하고 공부에만 집중했어야 했는데

교대에 꼭 가야 한다는 그런 압박과 여러 가지 고3병들 -_-….

결과적으로 다 변명이겠지? ㅜㅜ 어쨌든 미안해 엄마.

내가 맨날 버릇없게 엄마한테 대해도 그게 다 진심이 아니란 거 알고있지?ㅜㅜ

마음속으로는 안그래야지 하는데 말이 먼저 나와 있어…… 이게 통제가 안돼…….

엄마 미안해 난 정말 나쁜 아이야……. 흑흑.

세상에 엄마 같은 사람도 없을 꺼야…….

다음 세상에도 꼭 모녀지간으로 만나염 우리^^(엄마 혹시 지금 속으로 끔직한

소리 하고 있지 말란 생각하는 건…… 아니겠지?……^^)

항상 이리 치이고 저리 치이는…… 불쌍한 엄마. ;;

나라도 잘했어야 했는데 미안해 정말.

내가 좋은 직장 얻어서 엄마 호강시켜 줄께…….

세상에서 젤루젤루 사랑해

2007. 12. 09. 11시 16분에

2008 8 17

Chapter
03

님아,
그 강을
건너지 마오

치료 시작

어머님 투병하실 때 생각하니 서울대병원엔 좋은 기억이 없어 망설이고 있었는데, 때마침 이상협 교수가 분당서 왔다는 소식을 접해 고민 끝에 예약했다. 2015년 5월 12일 이 교수에게 스턴트 시술을 받고 순천으로 내려와 차분히 한의원을 정리하며 일단 환자들에게는 공부를 하려고 두 달 정도 한의원을 비우는 것으로 알렸다.

이 교수는 한번 열심히 치료해 보자며 용기를 주었고, 우리도 희망을 품고 근방 오피스텔을 얻어 들어갔다. 일단 이 교수의 오더대로 6월 1일부터 항암과 방사선 치료에 들어갔는데, 6월 5일 밤에는 혈변이 심해 응급 병동에 입원해 수혈을 받았다. 이 교수는 쉬는 날인데도 응급 병동까지 찾아와 다음번엔 외래로 바로 오시라고 했다.

남편은 밥도 못 먹어 힘들어하는데, 6인실에 있는 다른 환자들과 가족들이 서로 음식을 나눠 먹으며 시끄럽게 하니 너무 신경이 쓰였다. 그중 환자 한 명이 너무나 크게 떠들어대 커튼을 살짝 쳤더니 그 사람이 계속 시비를 걸며 힘들게 했다. 남편이 혼자 있어도 된다며 오피스텔로 가 있으라 했지만, 난 퇴원하던 날까지 꼼짝 않고 곁을 지켰다.

수술실 앞의 긴긴 기다림

7월 13일 외래에서 장 교수를 만나 수술 날짜를 8월 4일로 잡았는데, 7월 17일 극심한 통증을 동반한 혈변 때문에 바로 응급 병동에 입원했었다. 수술을 며칠 앞둔 25일에도 열이 39.6도까지 올라나는 밤을 꼴딱 새우며 남편을 간호했다. 다음 날 다행히 열은 내려갔고, 이 교수는 수술 후 내과 컨설턴트를 받을 것을 당부했다. 내색은 안 해도 수술 후 결과가 안 좋았을 경우를 대비하는 눈치였다.

수술 당일 엘리베이터에서 장 교수와 마주쳤다. 난 남편 이름을 대며 잘 부탁드린다고 했고, 장 교수는 너무 걱정하지 마시라했다. 수술실에 들어간 남편을 기다리던 그 시간이 얼마나 길고 초조했던지. 한참의 기다림 끝에 수술을 마친 장 교수가 복도로 나왔고, 무미건조한 음성으로 환자의 보호자를 찾았다.

복강 내 전이

나를 본 장 교수는 수술 중 갈랐던 배를 그냥 덮을 뻔했다고 심각한 얼굴로 말했다. 검사를 철저히 했는데도 발견하지 못했었는데, 복강 내 전이가 있었다고 했다. 발견도, 치료도, 수술도 어렵다는 최악의 병, 췌장암. 그래도 수술이 가능하다는 사실에 희망을 품고 두 달을 아무도 모르게 서울에서 보냈는데, 장 교수는 겨우 그 말만 하고 이내 복도 끝으로 사라졌다.

나는 장 교수의 방이 있는 층 복도에서 그를 기다렸다. 꽤 긴 시간을 기다린 끝에 수술복 차림의 장 교수를 만나 방에서 상담을 했다.

"앞으로 그러면 어떻게 해야 하나요?"

"더 강한 항암제를 써봐야 할 것 같습니다. 그렇게라도 치료 안 하면 6개월밖에 더 못사실 겁니다. 그리고 혹시나 해서 드리는 말씀인데 한약이나 어떠한 민간요법도 쓰시면 안 됩니다."

장 교수의 말에 나는 순간적으로 흥분해 탁자를 내리치며 말했다.

"그 사람은 절대로 남에게 함부로 약을 권하는 한의사도 아니고, 본인도 그렇게 먹는 사람이 아니에요!"

나는 억장이 무너진 채로 장 교수 방을 나왔다. 잠시 의자에 앉았다가 일어서려는데 갑자기 머리가 핑 돌았고 몸은 중심을 잃고 비틀거렸다.

정신을 차리려 애쓰는 와중에 곁에서 걱정 가득한 음성이 들려왔다.

"괜찮으세요?"

겨우 몸을 추스르고서 그분의 명찰을 확인할 수 있었다. 혈액종양학과 김인호 교수였다. 비록 그분은 날 기억 못 하겠지만, 그때 그 순간 그분의 따스한 관심은 큰 위로가 되었다.

포기는 없다

수술만 끝나면 집에 돌아갈 거로 생각했던 남편은 수술 병동에서 다 칭찬할 정도로 운동을 열심히 했다. 장 교수는 날마다 회진을 돌며 남편에게 뭐든 잘 챙겨 드시라 했고, 곁에 있던 아이들에게도 아버지를 잘 돌봐드리라고 당부하면서도 내게는 눈길을 주지 않았다. 날짜를 짚어주며 6주 후에 다시 오라는 주치의 말에 나는 지금 퇴원 못한다고 내과 병동으로 옮겨 달라고 했지만, 안 된다는 답변만 돌아왔다. 며칠을 고민하던 중 머릿속에 불현듯 옥스퍼드 대학 졸업식에서 처칠이 했던 축사 한 구절이 떠올랐다.

'포기하지 마라.'

이대로 포기할 수는 없었다. 세상의 전부였던 남편을 위해 난 무슨 일이든 하기로 마음먹었다.

자존심 따위는 버려두고 난 장 교수부터 찾아갔다. 이번에도 긴 시간을 기다려 장 교수를 만났고, 많이 흥분해서 실례한 점에 대해서 먼저 사과했다. 장 교수도 내 심정을 이해한다며 괜찮다고 했고, 당장 급하니 내과 진료부터 빨리 받아보는 게 좋을 것 같다고 했다.

구차하게 살고 싶지 않아

외래에서 만난 이 교수는 수술 결과에 대해서 말끝을 흐리며 곤란해했다. 앞으로 어떻게 하는 게 좋겠냐 하니 밥을 웬만큼 먹으면 바로 항암치료부터 더 해 보자 했다. 남편은 본래 소식을 한데다 투병 생활 이후로 먹는 양이 더 줄었지만, 항암치료를 피할 수는 없었다.

곧 퇴원할 줄만 알고 있던 남편에게 이제 내과 병동으로 옮길 거라고 했더니 곧바로 의심의 눈초리가 날아왔다.

"수술 끝나고 예방 차원에서 항암치료를 좀 더 해야 한다고 그러네."

"뭐든 나한테 숨기지 마라. 얼마 안 남았다고 해도 항암제에 의지해 생명 연장하며 구차하게 살고 싶지 않아."

대쪽 같은 자존심에 상처 입는 걸 죽기보다 싫어하는 양기호라는 걸 누구보다 잘 아는 나였지만, 아직은 포기할 때가 아니었다.

그렇게 해서 남편은 수술 2주 만에 내과 병동에 다시 입원했다. 1인실이 없어 우선 2인실에 입원해 아이들과 나는 주변 호텔에 머물면서 병실을 드나들었다. 나중에 남편이 아이들은 집에 보내라고 해서 보내고 나는 그 사람 곁을 지켰다. 2인실에서 내가 힘들어할까 봐 혼자 있고 싶다는 핑계로 계속 호텔에 가 있으라 했지만, 난 계속 자리를 지켰고 다행히 곧 1인실로 옮길 수 있었다.

이 교수는 항암치료 중인 남편에게 알게 모르게 신경을 많이 써 주었다. 하지만 우리는 이 교수가 지인이라는 사실을 그 누구에게도 내색하지 않았다. 우리가 담당 교수와 친분이 있다는 사실을 알면 혹시라도 다른 선생님들이 불편해할까 조심스러웠기 때문이다. 우리는 어느새 남에게 신세 지거나 부담 주기 싫어하는 성격도 닮아 가고 있었다. 나는 아는 사람을 누군가에게 새로 소개해 주는 일도 되도록 하지 않았다. 소개를 받은 사이면 더 조심해야 하는데, 오히려 예의 없고 배려 없이 행동하는 사람들을 많이 봐왔기 때문이다.

퇴원

입원해서 항암치료를 이어가던 중 이 교수가 미국에 간다는 소식을 접했다. 여름에 딱 한 번 고 원장을 만났는데, 어떻게 본인한테도 말을 안 할 수가 있느냐고 서운하다면서 사위가 연세대 세브란스 병원에 있으니 언제든 옮길 마음이 있으면 알려달라고 했었다. 그래도 서울대병원에 이 교수가 있다는 것만 믿고 연락을 안 하고 있었는데, 막상 미국에 간다고 하니 마음이 여간 복잡한 게 아니었다.

퇴원을 하루 앞두고 이 교수가 나를 불렀다. 11월에 1년 동안 미국으로 떠나게 되었다며, 당분간 김용태 과장이 봐줄 거라고 했다. 중요한 시기에 함께 하지 못해 죄송하다는 말도 덧붙였다. 그동안 많이 믿고 의지한 이 교수 없이 이곳에서 외로운 싸움을 하게 될 것 같다는 생각에 덜컥 겁이 났다. 큰일이 없기만을 간절히 바라며 다음 날 남편을 데리고 퇴원했다.

유지요법

9월 1일부터 우리는 강 원장이 있는 요양병원 별채에서 쉬었다. 고혈당과 저혈당을 오가는 남편은 혈당 관리를 철저히 하면서 면역력을 기르는 데 집중했다. 어쩌다가 한 번씩 이 교수와 통화했고, 보름 후 외래에서 만난 이 교수는 항암치료 때문에 서울에 다녀가는 것도 만만치 않은 일이니 항암치료는 순천에서 받고 날짜를 넉넉하게 잡아 또 보자 했다.

항암치료 때문에 지역에서 처음 만난 의사는 "이거 치료요법 아닌 거 아시죠? 유지요법이라는 거."라며 불필요한 설명을 했다. 난치료 후 말없이 운전하는 남편의 눈치를 살폈다. 의사에게 때로는 '지혜로운 침묵'이라는 덕목이 필요하겠다는 생각을 했다.

매일 30분에서 1시간을 걷던 그 사람이 그날은 침대에서 꼼짝도 하지 않았다.

아파트로 귀가하다

한 달 반 동안의 요양병원 생활을 마친 후 우리는 집으로 돌아왔다. 15년 넘게 살아왔던 아파트이기에 우리를 걱정했던 사람들이 많았다. 오랫동안 일해오셨던 경비원 분들, 절친했던 아래층 집 식구들, 관리 주임 등 모두가 우리를 진심으로 반겼다. 그들은 우리가 그동안 이사를 하지 않았던 이유 중 하나이기도 했다.

남편은 인슐린 주사를 맞으며 혈당 조절과 면역력 강화에 더 신경 썼고, 근교 나들이도 자주 다니며 마음의 안정을 찾으려 노력했다.

떠도는 말

남편이 6개월 가까이 쉬는 동안 안 좋은 소문이 계속 돌았고, 급기야 양기호 원장이 죽었다는 소리까지 들려왔다. 어떤 점쟁이는 내가 자기를 만나러 몇 번이나 왔었다는 헛소문도 퍼트렸다. 어머님 살아계실 때 정·재계인사들이나 병원장 부인들이 특히 많이 간다는 정읍선생님이라는 분을 한 번씩 뵈러 갔었고, 점집에도 자주 갔던 건 사실이긴 했다.

그 당시 정읍선생님은 내 남편이 이 세상에 딱 하나 있는 나의 운명이며, 빛나는 명의가 될 테니 많이 배우며 살라고 했다. 단지 내가 남편을 너무 늦게 만나 내 사주가 삶을 고단하게 했다면서 그것도 운명이기에 받아들여야 한다고 했다.

대신 15년을 넘기는 시점에 한의원이랑 집을 옮기면 큰 화는 피할 수 있을 거라 했다. 그래서 한의원을 옮겨 보려 하던 찰나에 그 사람이 아프기 시작한 거다. 어머님이 돌아가시고 나서 난 점집에 발길을 끊었고 절에만 한 번씩 갔다.

다시 한의원 진료를 시작하다

　11월이 되고 서울대병원 외래에서 처음 만난 김용태 과장님은 따뜻하게 우리를 맞아주었다. 항암제는 주사에서 먹는 것(타쎄바)으로 바뀌었는데 냄새에 민감한 남편은 10일도 안 되어 효과도 보지 못한 채 끊을 수밖에 없었다.

　항암치료를 잠시 쉬면서 한의원에서 조금씩 환자를 보기 시작하자 헛소문들은 많이 잦아들었다.

　쉬었던 방송 출연도 다시 하며 평범하게 지내던 어느 날 우리는 장날을 맞아 가까운 시장엘 들렀다. 언제나처럼 모자와 선글라스로 무장한 그 사람은 뒷짐을 지고 나오는 서너 걸음 떨어져 앞서 걷고 있었는데, 갑자기 남편이 걸음을 멈추고 나에게 눈짓으로 신호를 보냈다. "세상 잘난 양기호, 진료한다며", "그 집 장인이 어쩌고~" 하는 말을 듣고 시장 보는 걸 포기하고 다시 차에 올랐다.

　"무식하면 용감한 법이지."

　화가 나기보단 이젠 안쓰럽다는 생각이 먼저 들었다. 나와 남편은 남들의 온갖 사정을 알아도 절대 뒤에서 흉보는 일 따윈 하지 않았다. 뒷말을 들은 사람은 그걸 한껏 부풀려 다른 곳으로 옮길 게 뻔했기 때문이다. 이런 내 성격을 잘 아는 사촌 형님은 나를 '보약 같은 친구'라 칭찬하시곤 했다.

앞으로는 더 강해져야 해

그길로 우린 벌교로 향했다. 한참을 달리던 차 속에서 남편은 담담하게 말했다.

"그 누구도 남의 인생 가지고 왈가왈부할 자격은 없어. 오늘의 내가 내일 어떻게 될지는 아무도 모르는 거야. 인생 끝까지 살아봐야 아는 거다. 남들 말에 신경 쓰지 말고 상처받지 말아라."

난 그 사람의 말을 단어 하나도 흘려듣지 않고 마음속에 차곡차곡 쌓아두고 있었다. 여태껏 의지하고 살아온 남편이었지만, 언제부터인가 내 삶을 올바르게 인도하는 스승으로서 더욱 존경하게 되었다. 마치 내일이면 어디론가 사라질 사람처럼 그 사람은 맘속 깊이 담아뒀던 당부의 말을 계속 이어갔다.

"때론 법보다 주먹을 먼저 쓰고 싶을 때도 있지만, 그런 걸 함부로 쓰는 건 아니지. 우린 상식이 있는 사람이니까. 내가 그동안 너에게 물질적으로 잘해줬다. 그리고 정신적으로 혼자서도 설 수 있도록 강하게 단련시켰다고 믿는다. 앞으로는 더 강해져야 해."라고 말했다.

초음파 검사

2016년 1월 초 이 교수에게 안부 메일을 보냈고, 이 교수는 아직 항암치료는 안 하고 있느냐며 답을 보내왔다. 남편은 가끔 열이 나기도 하고 크고 작은 증상들에 시달렸지만, 쉬지 않고 한의원으로 출근했다.

그 무렵 오랫동안 못 뵈었던 원장님들이 주말에 세미나를 핑계로 순천으로 내려오셨다. 남편이 아프기 전부터 세미나에 종종 데리고 가서 다들 안면이 있는 분들이었다. 그간의 안부를 물으며 원장님들과 대화를 나누는 남편의 표정이 유난히 밝아 보였다. 1월 25일에는 서울대병원에 가서 소노(SONO, 초음파) 검사를 해놓고 내려왔다.

폴피리녹스 치료

소노 결과를 본 김 과장님은 입원해서 폴피리녹스 항암을 8번 정도 해 보자고 했다. 오늘 예약을 해두라고 했지만, 나는 할 거면 오늘 당장 시작했으면 좋겠다고 했고, 입원실만 나면 그렇게 해도 좋다는 답변을 들었다.

입원실 확인을 기다리던 남편은 못마땅한 눈치였지만, 이내 내 뜻을 따라주었다.

"꼭 이렇게 유난을 떨며 살아야 하는 건가. 아니다. 해서 조금이라도 좋아질 수 있다면 한 번 해 볼게. 내가 너 지켜준다 했는데, 너무 빨리 사라지면 되겠냐. 그런데 한 가지 약속해라. 내 앞에서 약한 모습 보이면 난 바로 중단한다. 내 성격 알지? 그리고 앞으로 환자 진료도 계속할 거야. 말릴 생각 말아."

책을 읽으며 대기 중인 남편을 잠시 두고, 김 과장님과 앞으로의 치료 계획을 더 논의하고 싶어 교수 방이 있는 층으로 향했다. 미리 약속을 잡은 건 아니었지만 기다리면 되는 일이라고 생각했는데, 직원들이 나를 보더니 다른 교수님들이 불편해한다며 미리 시간을 잡고 다시 오시는 게 좋을 것 같다고 했다.

　사랑하는 내 남편의 생사가 달린 문제에 난 그저 억장이 무너졌고, 그 당시 남의 이목을 신경 쓸 여유가 없었다. 이런 내 사정을 알 리 없는 사람들에게 난 그저 예의 없고 경우 없는 사람일 뿐이었다. 이 교수 하나만 믿고 이 병원에 온 것이었기에, 머나먼 땅에 있는 이 교수가 처음으로 원망스럽게 느껴지는 순간이었다. 우여곡절 끝에 난 김 과장님을 만났고, 일단 8차례 폴피리녹스를 한 후 나머지는 소각하는 게 좋겠다는 의견을 들었다.

115 병동

　우린 2주에 한 번씩 입원해 항암치료를 받았고, 4차 치료 후에는 면역주사도 함께 처방받았다. 김 과장님은 무슨 일이든 친절하게 설명해 주었다. 그리고 얼마 전에 미국에 다녀왔는데, 이 교수가 안부 전하더라고 했다. '인성이 곧 실력이다.'라는 점을 다시 한 번 느꼈다.

　우리는 115병동에 자주 입원했는데, 수간호사를 비롯해 모든 분이 친절하게 대해 주셨고, 본인 일에 최선을 다하는 모습이 인상적이었다. 여러 번 입원해 서로 안면을 익히다 보니 마주치는 직원들이 종종 인사를 해왔고, 이 모습을 본 남편은 "모르는 사람이 보면 네가 서울대병원 직원인 줄 알겠다."라고 했다. 밥도 못 먹고 뛰어다니는 병동 선생님들이 고맙고 안쓰러워 가끔 간식을 사다 드렸다. 평소 남편은 직원들이 언제나 힘내어 일하기를 바라는 마음에 나에게 매일 간식 심부름을 시키곤 했다.

기억

    항암치료 때문에 자주 입·퇴원을 하면서 예전에 어머님 암 치료를 담당했던 류 교수와 복도에서 종종 마주쳤다. 그 당시 궁금한 점이 있어 질문하면 항상 단답형으로 일관해 조금 쌀쌀맞은 인상으로 남아 있었는데, 다시 마주쳤던 날 류 교수는 꽤 자상한 태도로 회진을 돌고 있었다.

    남편에게 류 교수를 본 이야기를 하며 환자에게 좀 더 친절해진 것 같다고 하자, 남편은 "의사에게는 환자나 보호자의 말을 잘 들어주고 공감해 주는 능력이 필요한 법이야. 적어도 똑같은 병으로 다른 병원, 다른 사람 찾아가지 않게 하는 게 중요해."라고 했다. 그리고 아마 날 기억하지 못할 거라고 했다. 날 기억하든 아니든 중요한 건 아니었지만, 일부러 내 시선을 피하는 듯한 느낌이 들어 혹시 '날 기억하고 있는 건 아닐까' 하는 생각도 했었다.

쓰러지다

　5월 21일 마지막 8차 항암을 마치고 순천으로 내려오는 길에 남편이 갑자기 쓰러졌다. 정말 다행스럽게도 같은 열차 내에 익산에서 신경외과를 하고 있다는 의사분이 계셨고, 익산역에서 119구급차가 올 때까지 함께 있어 주셨다. 그때는 경황이 없어 인사도 못 드렸지만, 이 기회를 빌려 성함도 모르는 그분께 진심으로 감사의 말씀을 전하고 싶다.

　원광대병원 응급실에 도착해서 진료를 받아보니 항암 후 아무것도 먹지 못한 남편이 저혈당으로 쓰러졌던 모양이다. 강 원장에게 연락드렸고 바로 익산으로 오시겠다고 했지만, 남편은 번거롭게 해드리지 말라고 했다. 응급실에서 조금 더 안정을 취하다 순천으로 내려왔다. 순천에 돌아오자마자 그 사람은 무슨 일이 있었느냐는 듯 아픈 몸도 잊고 환자 진료에 더욱 매진했다.

악수

6월 8일 외래에서 김 과장님을 만나 상담을 하고 소노를 한 후, 간 고주파실로 향했다. 영상의학과 이재영 교수는 생각보다 다발 일 수도 있고 한두 개일 수도 있다고 설명하면서, 그래도 너무 걱정하지 말라고 했다. 시간은 대략 1시간이나 아니면 그보다 좀 더 걸릴 수 있다고 덧붙였다.

시술이 끝나고 마취가 덜 깬 남편이 침대에 실려 나왔다. 마취가 잘 안 되는 편이라서 초반엔 의식이 있는 채로 소각하다 나중에 마취되었을 걸 생각하니 너무 마음이 아팠다. 아직 의식이 또렷하지 않은 그 사람을 병실로 옮기려는데, 이재영 교수가 남편의 이름을 부르며 악수를 청했고, 남편은 무의식중에도 본능적으로 손을 내밀었다. 퇴원하고 2주 후에 만난 김 과장님은 지금 상태는 깨끗하니 2개월 있다가 다시 보자고 했다.

주말여행을 가다

　남편은 기름진 음식이나 자극적인 음식을 먹으면 지방변을 보기 때문에 스스로 식사에도 많이 신경 썼지만, 8월 초 지방변과 과설사도 한 번씩 했고, 서너 번이나 토한 날도 있어 링거를 맞기도 했다. 그렇게 몸이 좋지 않은 와중에서도 예정된 휴가지에 함께 다녀왔고, 다행히도 8월 17일 받은 CT 결과가 좋았다. 남편은 더 많은 시간을 환자 진료에 할애했고, 한의원 환자는 점점 늘어만 갔다.

　바쁜 일상에 피곤할 법도 할 텐데 주말이면 남편은 녹동, 고흥, 백야도, 하화도, 섬달천, 돌산대교 등으로 나를 데리고 다녔다. 왜 쉬지도 않고 이러냐고 하면 "네가 바다 좋아하잖아."라고 했다. 그 사이 본인 한약도 달여 먹으며 면역력을 기르기 위해 노력했고 옥정호, 전주한옥마을, 남원, 구례 등 평생 나눠서 다녀도 될 여행지를 그 사람이 손수 운전해 함께 다녔다.

인사를 하다

그 무렵 10년 넘게 우리 아파트에서 경비 일을 보시던 분이 그만두셨는데, 그분이 고흥에 살고 계셨다. 낚시 좋아하던 남편과 고흥 가는 길에 그분 댁에 뭐라도 사다 드리자 해서 전화를 드려 주소를 여쭀다. 그랬더니 그분이 혹시나 우리에게 부담을 줄까 싶었던지 엉뚱한 곳을 알려주신 덕분에 한참을 헤맸고, 다시 전화드려 설득한 끝에 바른 주소를 받아 결국 만나 뵙고 왔다.

우리 아파트에는 두 분의 경비원께서 오랫동안 성실하게 일하셨는데, 그중에서도 고흥에 사셨던 그분은 때때로 소라, 꼬막 같은 걸 집 앞에 두고 가셨었고, 심지어 일을 그만두시고도 새벽에 찾아오셔서 조용히 집 앞에 마늘을 두고 가시기도 했다. 그동안 알게 모르게 받은 게 많다는 생각이 들어 직접 찾아뵙고 뭐라도 보답을 해드리고 싶었다.

조카와 100만 원

11월 16일 서울대병원 외래에 방문했고, 검사 결과가 좋아 항암치료를 위해 심어두었던 케모포트를 제거해도 좋겠다는 말을 듣고 나는 뛸 듯이 기뻤다. 남편도 내색은 안 했지만, 내심 좋아하는 분위기였다.

아버님 기일이 돌아와 제사를 지낸 다음 날, 피아노 위에 100만 원이 들어 있는 봉투가 있어 조카가 모르고 돈을 빠뜨리고 갔나보다 하고 생각했다. 조카에게 연락해 와서 가지고 가라 했더니 외삼촌 회갑 생신도 못 챙겨드렸으니까 숙모가 선물 사 드리라 놓고 온 거라고 했다. 엄마를 일찍 보내고 빨리 철이 들어 버린 조카가 고맙기도 했고, 가슴이 아릴 정도로 안타까웠다.

2017년

12월 6일 갑자기 남편의 한쪽 눈에 출혈 증상이 나타났다. 이비
인후과 구 원장에게서 소염제를 받아와서 복용했더니 조금 나아지
는가 싶더니 그 주 일요일에 또 출혈이 일어났다. 월요일에는 항생
제를 먹어 다시 출근할 수 있을 정도로 좋아졌다.

그 무렵 이 교수가 다시 국내로 돌아왔다는 반가운 소식이 들렸
고, 남편은 열심히 몸 관리를 하면서 2017년을 맞이했다.

마음 다스리기

2개월에 한 번은 검사를 위해 서울대병원에 갔다. 한번은 아침 일찍 검사가 잡혀 있어 로비에서 대기하고 있었는데, 어떤 사람이 갑자기 접수 데스크를 향해 큰소리를 내고 있었다. 뭐가 뒤틀려서 저렇게 화를 내는 걸까. 또 2인실에 입원했을 때, 함께 있던 환자가 교수인 듯 보이는 바쁜 친구를 불러놓고 온갖 유세를 떠는 모습도 봤었다.

나도 종종 화를 내고 싶을 때가 있었다. 누구나 각자의 상황이 있는 거고, 오해도 있을 수 있는 법이니까. 그럴 때마다 남편은 "하늘이 언제나 맑을 수는 없다. 그래도 이 교수를 생각해라. 아는 사람이 있을 때는 더 조심해야 하는 법이다."라고 했다.

많은 사람들로 붐비는 대학병원에서 기다리다 보면 감기처럼 크게 중하지 않은 병으로 찾아온 사람들도 많이 볼 수 있다. 큰 병으로 고통받는 사람들이 더 빨리 진료받을 수 있도록 급한 경우가 아니면 동네 의원을 찾는 게 더 합리적인 게 아닌가 하는 생각이 들었다.

검사를 위해 서울대병원에 가는 날이면 우리는 첫차를 타기 위해 새벽 3시에 일어나 준비해야 했다. 아마 아픈 남편에게는 만만치 않은 일이었을 거다.

서울로 가는 동안 나는 늘 맘속으로 간절히 기도를 했다. 이번에 병원에 가면 더 좋아지게 해달라고⋯⋯. 그렇게 서울에서 진료받고 순천에 돌아오면 자정을 넘기는 경우가 많았다.

여전히 주말이면 내 기사 노릇

어김없이 내 생일이 돌아왔고, 남편은 마침 만기가 되어 받은 적금의 10%를 주며 목걸이랑 팔찌를 맞추라고 했다.

"너 금붙이 좋아하는데, 어머니가 도둑맞아 못 받았잖아……."

어머님 살아계실 때 집에 도둑이 들어 신고했지만, 결국 도난 물품을 찾을 수 없었고 어머님이 "이럴 줄 알았으면 미리 너를 주는 건데……. 미안하다." 하셨던 기억이 났다. 어머님은 패물만큼은 나에게 물려주겠노라 말씀하셨었다.

여행 그리고 꽃과 나무를 좋아하는 나를 위해 남편은 여전히 주말이면 내 기사 노릇을 자청했다. 남편은 집안에서는 족보 정리도 도맡아 했다. 아버님과 사촌 형님네가 해왔던 걸 남편이 이어서 하는 것이었다. 몸도 아프고 하니 인제 그만하라며 말려도 "할 수 있을 때까지는 내가 해야지." 했다. 어떤 경우든 항상 완벽을 추구하는 성격 탓에 자기 몸도 돌보지 않고 일하는 남편 때문에 난 늘 마음을 놓을 수가 없었다.

간으로의 전이

　5월이 되자 남편의 상태가 다시 안 좋아졌다. 나름대로 조심해도 컨디션이 계속 좋았다가 나빴다를 반복했고 혈당 조절도 잘 안되었지만, 그런 상태에서도 환자 진료는 포기하지 않았다. 그러다 몸 상태가 심상치 않아 결국 5월 22일 서울대병원에 다시 입원해 검사를 받았는데, 간으로 전이가 되었다는 절망적인 결과만 확인해야 했다.

　나는 또다시 지옥의 낭떠러지에 서게 된 기분이었다. 순간 내 머릿속에는 불시에 남편을 잃은 셰릴 샌드버그가 스탠퍼드 졸업식에서 한 축사의 한 구절이 떠올랐다.

　"심리적인 충격을 극복하는 능력은 타고나는 것이 아니라 근육처럼 키울 수 있습니다. 그게 바로 회복 탄력성입니다. 탄력성만 있으면 삶이 여러분을 바닥으로 끌어 내리더라도 다시 숨 쉴 수 있습니다."라는 말을 상기하며 나는 정신을 바짝 차리고 마음을 더 단단히 먹기로 했다.

　결국 제거했던 케모포트를 다시 꼽고 9차 항암에 들어갔다. 남편은 더욱 예민해졌고 말수도 눈에 띄게 줄었다. 나를 위해 살겠다고 하던 그 사람이 서서히 지쳐 가는 게 느껴졌다. 김 과장님에게 내 간을 떼어주고 싶다고 했더니, 암세포가 간에 혈액처럼 떠 있어 항암밖에 길이 없다고 했다. 대체 무엇 때문에 다시 나빠진 걸까. 나는 병원 밖에서 한참을 소리 내어 울었다.

한의사로서의 사명감

다시 2주에 한 번씩 서울대병원을 오가면서도 남편은 환자 진료를 멈추지 않았다. 암 환자가 되면서 상처 입은 자존심을 한의사로서의 사명감으로 회복하려 했던 것 같아 힘든 걸 알면서도 쉬라는 말은 차마 할 수가 없었다.

병동에 입원하면 일하는 선생님들에게 간단한 간식이라도 사다 주곤 했는데, 어느 날부터 청탁금지법 때문에 환자나 보호자가 주는 건 일절 받지 않는다고 했다. 그 소리를 듣고 나도 눈치만 보고 있었는데, 남편은 뛰어다니느라 밥때 놓친 사람들 간식이라도 꼭 사다 주라고 했다.

"인당 5천 원도 안 하는 먹을 것 때문에 뭐라고 하면 내가 다 책임진다고 해!"

남편 말만 믿고 나는 사양하는 선생님들 말은 모른 체하며 간식 공수를 계속했다.

병원 안에서 운동 삼아 돌아다니면서 두어 번 장 교수와 마주쳤다. 그때마다 항암하러 오신 거냐면서 무엇보다 잘 드시는 게 중요하다고 했다. 본인이 수술한 환자라서 한눈에도 잘 알아보는 듯했다. 어느 날 1층 로비에 장 교수가 서 있길래 다가가 인사를 하자 이게 누구신가 하는 눈빛으로 봐 남편 이름을 댔더니 그제야 반갑게 인사를 했다. 그날따라 단정하게 꾸미고 가서 나를 몰라본 것 같았다. 병실로 들어와 남편에게 방금 있었던 일을 얘기했더니 "평소에 맨날 민낯에 간병인 패션으로 돌아다녔으니 못 알아볼 만도 하지."라고 했다.

자존심

 늦여름이 되면서 더 힘들고 지쳐 보였지만, 남편은 계속 한의원에 출근해 환자를 돌봤다. 그 사람에게는 최선의 진료로 환자를 회복시키는 것이 무엇보다도 중요한 일이었다. 항암치료 때문에 서울에 다니느라 하루 이틀 한의원을 비우는 경우가 많았던 어느 날, 우리 병원에서 진료를 받으셨던 어떤 환자분이 다른 곳에서 침을 맞더니 전화를 걸어와 거긴 왜 그렇게 비싸게 받는 거냐며 다짜고짜 따져 물었다.

 본인은 65세가 넘어 다른 한의원에서는 1천5백 원만 받던데, 거기는 왜 그렇게 비싼 거냐고 화를 냈다. 그동안의 기록을 다시 확인했는데도 이상이 없어 그럼 건강보험심사평가원에 연락해서 알아보시는 게 좋을 것 같다고 설명했다. 그동안 환자분께서 맞은 침은 다른 침보다도 보험수가가 높은 침이라고 계속 설명해도 막무가내였다. 그 환자는 본인이 이미 공단에 전화해서 확인한 사항이라며 주장을 굽히지 않았다. 나는 건강보험심사평가원에 다시 전화해 보시라고 했고, 그래도 더 하고 싶은 말이 있으면 한의원으로 오시라 했다.

이야기를 들은 남편은 크게 화를 냈다. 사정이 어려운 환자나 간단한 시술에는 진료비도 받지 않고 패스하는 사람이었지만, 본인의 진료에 대해 왈가왈부하며 자존심을 건드리면 절대 용납하지 않았다.

뭣이 중헌디

남편이 놓는 침은 65세 이상이어도 초진 금액이 6천5백 원인가 8천5백 원 정도가 나왔다. 물론 지금은 좀 더 내린 거로 알고 있다.

처음 한의원 문을 열었을 때부터 남편은 빠른 치료를 위해서 경혈침 대신에 이체침이나 장침을 놓는 경우가 많았는데, 10년 전까지만 해도 어깨, 목, 허리, 무릎 정도의 부위에만 이체침 보험 혜택을 줬었다.

이체침이나 장침을 워낙 많이 놓다 보니 되도록 경혈침을 놓으시라는 전화를 받기도 해 남편은 이체침으로 놓아도 경혈침으로 기록하고 그 가격만 받거나, 우리 한의원에 오래 다니신 어르신들은 가끔 그냥 보내드리기도 했다. 그 사람이 중하게 여긴 건 돈이 아니었던 거다.

우리에게 항의했던 그 환자가 그동안 우리 한의원에 세 번인가 와서 한번은 돈 안 받고 그냥 보냈던 것 같다고 하니 남편은 단호하게 한마디 했다.

"길거리 지나가면 누가 천 원도 안 줘. 내가 열심히 공부해 남보다 실력을 쌓았으니 그에 상응한 대가를 받는 건 당연한 일이야. 우리랑 아무 상관 없고 상식 없는 사람들은 앞으로 절대로 단 한 번이라도 그냥 보내지 마라. 네가 새끼들 책임지면서 내 뒷바라지 하느라 고생하는데……. 내 자존심 건드리면 용서 안 하는 거 알 지?"

오해를 풀다

한번은 이런 일도 있었다. 서울대 의대 출신 아들을 두었다고 소문이 난 어느 환자가 나에게 은근슬쩍 말을 그냥 놓는 것 같아 내가 "왜 반말하세요?"라며 발끈한 것이다. 나는 속으로 '우리 어머님도 한의사 아들을 뒀지만, 한번도 밖에 나가서 자랑하신 적 없는데…….'라고 생각했다. 어머님은 "양기호 마누라가 너인 줄은 알아도 엄마가 나라는 건 잘 모른다."라고 말씀하시곤 했다.

사실 그분도 전라도 분이라 말끝이 조금 흐려졌던 것일 뿐 일부러 반말할 의도는 없었기에 당황해하며 "나 반말 안 했는데요."라고 하셨다. 이 모습을 본 남편은 나를 원장실로 불렀다.

"너보다 훨씬 나이 많은 분이야. 당당한 건 좋은데 가능하면 환자 모두에게 예의를 지키는 게 좋겠다."

나중에 나는 그분과 오해를 풀었고 친한 사이가 되었다.

나는
너 믿는다

항암치료에 지치다

반복되는 항암치료에 남편은 많이 지쳐 가고 있었다. 이 교수가 이제는 간격을 좀 더 늘려서 면역력이 올라갈 때쯤 한 번씩 하자고 했다. 항암치료는 3주에 한 번씩 가서 받기로 했고, 남편은 환자 진료에 더욱 집중했다.

한번은 한의원을 좀 쉬면 어떻겠냐고 했지만, 남편에게는 어림없는 소리였고 오히려 화만 더 돋우고 말았다.

"면역력에 좋다는 음식 먹고, 휴식기 길면 뭐 해. 환자들한테 기다 뽑히면서······. 바쁜 와중에도 이 교수가 그렇게 신경 써주는데 제발 한의원 좀 잠시 쉬면 안 될까?"

"야, 너! 내 앞에서 그런 말하려면 너도 사라져 버려! 너 병간호로 고생시키며 산다는 말 듣고 싶지 않고, 나도 내 할 일 하고 살고 싶어서 그러니 두 번 다시 그런 말 하지 마!"

남편은 날이 갈수록 더 예민해지고 말이 없어졌으며, 나는 그런 그 사람이 더 어려워졌다. 10월에 다시 서울대병원에 갔고, 컨디션이 너무 안 좋아 항암치료는 안 받겠다고 했지만, 이미 오더

가 떨어져 약이 들어왔다. 이번엔 몸이 힘들어서 쉬고 다음 번에 하겠다고 한 거였는데 김 과장님과 커뮤니케이션이 잘 안 되었던 것 같다.

결국 항암은 하지 않은 채 집으로 내려왔고, 몸 상태가 좋지 않음에도 남편은 다음 날 변함없이 한의원으로 출근했다. 단 한 사람이라도 자기를 기다리는 환자가 있다면 언제까지라도 진료할 거라 했다. 남편의 실력은 입소문을 타고 전국으로 번졌고, 방까지 잡아가며 타지에서 오는 환자도 생겨났다.

가을과 겨울

　10월 중순 7~8년 정도 근무했던 직원이 결혼과 함께 그만두자, 남편은 한의원에 정리할 게 많다며 일요일에도 혼자 나갔다. 걱정돼 병원에 나가 보면 뭐하러 왔냐면서 그냥 집에서 쉬라고 했다.

　카드만 쓰는 나를 보고는 "너 엉덩이에 깔아 놓은 돈 좀 써라." 하면서 놀리기도 했던 남편은 재래시장에서 내가 현금을 쓰면 장본 비용이 얼마 들었느냐고 묻고는 절반은 바로 지갑에서 꺼내주곤 했다. 나나 애들한테 돈을 건넬 때는 항상 정중했다.

　11월에도 항암치료를 받고 면역주사도 계속 맞았다. 남편은 항암치료를 할 때도 손에서 책을 놓지 않았고, 순천에 돌아오면 더 열심히 환자를 봤다. 12월 17일에도 입원해 항암치료를 받았고 더욱 말이 없어진 그 사람은 책만 보며 공부하는데 집중했다.

2018년

2018년 1월 계속된 항암치료에 면역력이 떨어질 대로 떨어진 남편은 흑변도 보고 혈변도 나와 심한 경우 응급실에도 갔다. 그렇게 힘든 상황에서도 남편은 한의원을 놓지 못하고 더욱 꼼꼼히 진료해 환자가 갈수록 많아졌다.

환자들은 감기약도 달여놓은 것을 많이 찾았다. 하지만 남편은 그런 약도 미리 만들어 놓는 일이 거의 없었다. 감기도 기간이나 증상에 따라 맞는 약재를 써야 한다는 원칙 때문이었다. 그런 걸 알 리 없는 사람들은 종종 한의원에 왜 그런 게 없느냐고 묻기도 했다.

기호 씨가 아픈 거예요

　퇴근 후 강변도로를 지날 때였다. 남편이 손가락으로 한쪽을 가리키며 나를 만나며 공부했던 아지트가 있던 곳이라고 했다. 오래전 추억이 떠오르면서 그간의 세월도 주마등처럼 스쳐 지나가 갑자기 뭉클함이 밀려왔다.

　처음 만났을 때만 해도 공부하는 그 사람 옆에서 책을 많이 읽었었는데, 집에서는 책 보는 모습을 통 못 본 것 같다며 만화책으로 감성 키운 거냐고 말했다. 사실 나는 안 본 책을 헤아려 보는 게 더 빠를 정도로 독서광이었고, 만화책도 좋아했다. 만화책을 보면 잠시나마 일상의 고민을 내려놓을 수 있었다.

　대꾸하는 대신 난 속으로 생각했다.

　'아픈 아이 포함해 애들 넷 키우면서 드라마 한 편 맘 편히 못 볼만큼 정신없이 살다 이제 여유가 생기나 싶었더니, 내 세상의 전부였던 기호 씨가 아픈 거예요.'

　서울에 치료받으러 갈 때 빼고는 집과 한의원을 오가며 도돌이표 같은 생활을 했는데, 한번은 남편이 안방에서 큰 소리로 불렀다. 혈압 재 달라고 불렀느냐고 물으니 "너는 혈압 재는 거밖에 모르냐? 왜 책상 위 물건이 내가 해놓은 대로 안 되어 있는 거야?"라고 따져 물었다.

난 집안일 도와주시는 여사님이 정리하신 것 같으니 앞으로는 못 만지게 하겠다고 했다. 모든 게 제자리에 잘 정돈되어 있어야 하는 까탈스러움 때문에 나도 평소 그 사람 책상은 건드리지 않았다.

내가 강해져야 한다

남편은 몸 상태가 갈수록 안 좋아졌고 여러 가지 증상이 나타났다 사라지곤 했다. 입원과 퇴원을 반복했고, 4월부터는 지역 응급실에도 자주 드나들었다. 몸이 나빠질수록 힘들었을 텐데도 그 사람은 절대 내색하지 않았다.

5월에 서울대병원에 입원해서 흉수천자와 폐유착 박리술을 받았다. 그동안 잘 견뎌왔던 그 사람도 이번엔 너무 아파했지만, 아픔을 참은 보람도 없이 수치는 떨어지지 않았고 오히려 면역력만 떨어지면서 여러 가지 치료할 증상만 많아졌다.

예전에 간 전이 되었던 것이 걱정되어 눈물을 뚝뚝 흘리고 있으니 남편이 "너 다음부터는 따라오지 마. 나 혼자 오련다."라고 했다. 이 한마디에 난 다시 마음을 다잡았다. 내가 강해져야 그 사람도 힘을 낼 수 있을 게 아닌가. 본래 강한 정신력의 소유자였던 남편은 아직까진 치료도 견디며 열심히 일했지만, 수혈이나 흉수천자 때문에 지역 응급실에 가는 횟수도 많아졌다. 응급실에서 많은 의사를 만나는데, 때로 남편의 자존감을 무너뜨리기도 했다.

완벽한 존재

마의 5월에도 한의원 진료를 계속했다. 그러던 어느 주말 낮에 남편이 우울증이 온 것 같다고 했다. "약 먹게?"했더니 시간을 두고 더 지켜보자 했다. 남편도 사람이기에 견디기 힘든 감정, 슬픈 감정도 분명히 있었을 텐데, 난 그 사람이 너무나 완벽한 존재이기에 모든 걸 다 이겨낼 수 있을 거라 일방적으로 믿고 있었다.

나는 남동생한테 "매형에게 우울증이 온 것 같은데, 괜찮겠지?"라며 슬며시 사실을 알렸다. 그 사람 등만 보며 살아온 세월 동안 힘든 마음을 어루만져주지 못했던 것이 부메랑이 되어 돌아오고 있었다. 그 사람이 아파지고 나서 내가 딱 한 번 짜증을 냈는데, 남편은 막내 아들에게 긴병에 효자 없다고 말했다고 한다. 안 그래도 과묵했던 사람은 갈수록 말이 없어졌고, 내게 점점 더 냉랭해졌다.

집안에 웃음이 사라지는 것이 안타까워 나는 아이들에게 전화할 때면 잘 돼서 아빠 좀 웃게 해드리라며 종용했고, 애들을 닦달하는 나를 본 남편은 싫다는 공부 억지로 시키지 말라고 했다. 말을 물가에 데리고 갈 수 있지만, 물을 먹고 안 먹고는 말 마음인 거라고.

친정아버지

　몇 년 전 친정아버지가 상권도 좋지 않은 도롯가 건물을 매입해 소유권 이전까지 다 끝난 다음에야 자식들에게 알렸었다. 그렇게 독단적인 아버지가 사위 말이라면 무조건 신뢰하고 심적으로 의지하는 면이 있었다.

　어느 날 아버지가 한의원에 오시더니 예전에 샀던 건물을 남동생 이름으로 해주고 싶다고 하셨고, 남편은 "장인어른 연세도 있으시고, 처남한테만 주실 생각이라면 이전해 주시는 게 맞을 것 같습니다."라고 했다. 그러고선 나에게 "평생 안 쓰고 모아서 자식한테 올인하는 건 아버님 세대에서 끝날 거다. 물고기를 잡아서 주는 것보다 낚는 법을 가르쳐야 된다."라고 말했다.

　자식 교육은 강하게 해야 한다고 말했던 그 사람도 막내에게는 자상한 아빠였다. 지각 대장이었던 막내에게 공부는 꼴등이어도 지각하는 건 담임 선생님께 예의가 아니라며, 1년을 자기 차로 손수 통학시켜줬었다. 남편은 아픈 사람 둘이나 돌보며 신경 쓰고 있으니 멀쩡한 애들한테까지 너무 애쓰지 말라고 했다.

자기는 강한 사람이잖아

어버이날에 애들이 커다란 장미 화분을 보낸 적이 있었는데, 꽃나무가 오래 살지 못해 화분이 비어 있었다. 동네에 많이 피어 있었던 흑장미 넝쿨을 눈여겨봤는지 하루는 그 사람이 흑장미를 예쁘게 심어 줄 테니 구해 보라고 했다. 그날 밤 남편은 화분에 물을 주며 "꽃도 나무도 사랑을 줘야 잘 자라지……."라며 혼잣말을 했다.

아픈 날이 많아져 밤새 간호하는 경우가 많았지만, 고맙게도 꼬박꼬박 아침 해는 다시 떠 줬고 우리는 함께 아침을 맞이할 수 있었다. 남편은 밤 사이의 고통은 잊은 채 자신의 일터로 나가 몸이 부서져라 환자 진료에 매달렸다.

아픈 내 가족을 돌본다는 심정으로 환자를 치료했던 남편은 반드시 낫게 해야 한다는 강박관념 때문에 한의원에서 일어나는 모든 일에 세세하게 관심을 기울였고, 그만큼 극도로 신경이 날카로워졌다. 마치 언제 터질지 모르는 시한폭탄처럼……. 수기요법이나 침 치료도 꼼꼼하게 하느라 진료 시간도 더 길어졌다. 직원들

실수에는 더 엄격해져서 사소한 일에도 불같이 화를 냈고, 그럴 때면 난 직원들의 방패 노릇을 자처했다.

직원들 역성을 드는 내게 그 사람은 "넌 왜 항상 내 편은 안 들어주냐."했고, 난 "자기는 강한 사람이잖아."라고 답했다. 세상 누구에게도 잘난 척하지 않는 사람이었지만, 나한테만큼은 누구보다도 강하고 잘난 존재였다. 아프면서부터는 더 차갑고 엄하게 나를 대하고 자존심을 지키던 남편이었다.

어떤 사모님은 양기호 원장이 한의사 위상을 높여놨다고도 하셨다. 나는 그런 남편을 더 조심하고 어려워했다.

정 떼고 갈란다

3년 넘게 자기 때문에 짐을 풀었다 쌌다 하는 나를 보고 부담스러웠는지 아니면 오랜 항암치료에 지쳐 버렸는지 남편은 더욱 냉랭하게 나를 대했고, 직원들 실수에도 더 크게 화를 냈다. 그러다 보니 환자들까지도 "원장님, 사모님 고생하시는데 너무 그러지 마세요."라고 말할 정도였다.

내게 엄격하긴 했어도 남 앞에서는 절대 나에게 뭐라 하지 않았던 사람이 요즘은 대체 왜 그러는 거냐고 퇴근길에 조심스레 물었더니 "너한테 정 떼고 갈라고 그런갑다. 혹시 아냐? 내가 죽어서 귀신이 돼서도 내 몸뚱이 살리겠다고 날밤 밥 먹듯이 새웠던 넌 지켜줄지." 하고 대답했다.

대쪽같은 자존심의 남편에게는 본인 때문에 내가 고생한다는 소리를 듣는 건 무척이나 힘든 일이었을 거다. 그래서 더 예민해졌을 테고. 난 그 사람이 이젠 한의원을 좀 쉬면 좋겠다고 생각하면서도 입 밖으로 내진 못했다.

1침, 2뜸, 3약

환자들은 가끔 남편에게 "왜 원장님은 약 먹으란 소리를 잘 안 하세요?"라고 물었고, 그럴 때마다 그 사람은 본인의 진료 원칙은 1침, 2뜸, 3약 순이라고 답했다.

"뜸은 내가 안 하지만, 침 맞아서 나을 수 있다면 굳이 약까지 먹을 필요는 없습니다. 질병에 따라 침만으로 효과를 못 본 경우는 약을 병행해서 드시면 좀 더 나은 효과를 볼 수는 있습니다. 그럴 때 드시면 되고 일단은 밥이 보약이니까 제철 식품으로 골고루 잘 챙겨 드시고, 가벼운 운동을 꾸준히 하면서 면역력 키우시고 늘 즐겁게 사시는 게 건강관리 비법이에요."

남편은 환자들이 가정에서 쉽게 해먹을 수 있는 건강식에 관해 물어와도 늘 성심성의껏 대답해줬다. 그 사람은 군대에서도 3찬을 줬다고, 집에서도 매 끼니 새로운 재료로 3찬을 차릴 것을 강조해서 나는 제철 음식 재료를 구하느라 재래시장에서 자주 장을 봤다.

좋은 사람

처음엔 안 그런 것 같다가도 알고 보면 겉과 속이 달라서 마치 양파 같다는 느낌을 주는 사람이 있는가 하면 작은 것 하나도 숨기지 못해서 진실성 있게 다가오는 사람이 있다. 거짓이 없던 남편은 늘 한결같은 후자의 사람이었다.

남편은 사람을 대할 때는 항상 두부를 반으로 써는 느낌으로 대하라고 했다. 기본적으로 예의는 지키되 상대방에게 전혀 기대하는 바가 없으니 상처받을 일이 없다고 했다. 또 아끼는 마음 없이 다가서는 사람은 빈 조개껍데기와 같다고도 했다. 그 사람이 "우리는 어떤 마음으로 다가섰던 걸까?"라고 물으며 나를 바라봤지만, 난 남편이 나를 지독히 사랑하고 열심히 지켜줬다는 사실을 너무나 잘 알고 있었다.

물은 건너봐야 알고 사람은 겪어봐야 아는 법이라 했던가. 오래된 장일수록 장맛이 깊고 맛이 좋듯 내 남편 양기호는 그런 사람이었고, 난 내 전부인 그 사람에게 그런 사람이 되려고 노력했다.

아직 포기할 때가 아닙니다

정기검진차 들른 서울대병원 외래에서 김 과장님은 폴피리녹스에 내성이 생겨 진전이 없는 것 같다며 다른 강한 항암제(아브락산)를 사용해 보자고 했다. 너무 많이 지쳐 있던 남편은 이제 항암은 그만하겠다고 단호하게 말했다. 과장님은 항암으로 여기까지 왔는데 조금만 더 견뎌보자고 했지만, 화가 난 남편은 그만두겠다는 말만 남기고 나가 버렸다.

내가 나가보려 하니 과장님이 보호자는 그냥 계시라 했고, 직원에게 나가서 얼른 모시고 오라 했다. 다시 들어온 남편에게 과장님은 다시 한번 잘 생각해 보시라 하면서 격려를 해줬다. 밖으로 나온 우리는 시계탑 앞 벤치에 나란히 앉았다.

벤치에 앉자마자 남편은 집에 내려가게 차표부터 끊으라고 했다. 고집을 굽히지 않는 그 사람이 걱정된 나는 이 교수에게 연락했고, 이 교수는 열 일을 제치고 와서 남편을 직접 설득했다.

"양 원장님. 여기까지 오셨는데 한 번이라도 꼭 하고 가세요. 아직 포기할 때가 아닙니다."

이 교수의 설득에 못 이겨 마지못해 병원으로 다시 들어가던 그 사람은 힘없이 말했다.

"바쁜 사람 네가 또 부른 거냐? 앞으론 절대 그러지 마라. 내가 뭐라고. 이젠 정말 고단한 몸 쉬고 싶고, 바람처럼 가고 싶으니까……."

새로운 항암치료

　새로운 항암치료를 마치고 순천으로 내려온 다음 날부터 남편은 진통제를 먹어가며 다시 환자 진료에 매진했다. 2018년 여름은 유난히 더웠고, 봄부터 더 많아진 환자들 덕분에 주차 문제 같은 크고 작은 시비도 끊이지 않아 신경 쓸 일도 많았다.

　면역력이 떨어지고 먹는 것도 부실해진 그 사람은 설사와 통증도 심해졌고, 흉수천자와 수혈 때문에 응급실에 더 자주 가야 했다. 그런 상태에서도 남편은 나에게 힘들다는 말 한마디 없이 일에만 전념했다.

　난 행여나 그 사람을 놓쳐 버릴까 매 순간 조마조마한 나날을 보냈다. 밤이면 고통에 시달리고 응급실을 제집 드나들듯 다닌다는 사실을 알 리 없는 환자들은 아침이면 늘 한의원으로 파도처럼 밀려들었다.

우선 순위

아프고 나서부터 한의원에서는 예약 환자를 우선 순위로 진료했다. 혹시 오래 기다리실까 봐 예약하지 않으신 분들은 그냥 돌려보내고 싶어도 쉽게 그럴 수도 없었다. 일부러 멀리서 오신 분들도 있고 어르신 환자분들도 많았기 때문이다.

그 사람이 치료 때문에 서울대병원에 다니느라 여러 번 진료가 미뤄졌던 분이 다시 예약하고 오셨던 날의 일이다. 오랜만에 오셨기 때문에 꽤 긴 시간 상담 진료가 이뤄졌고, 상담을 마무리하고 침구실로 이동했는데, 우리 한의원에 아주 오래 다니셨던 부부 어르신 환자분들이 본인들도 너무 오래 기다렸다며 역정을 내셨다.

결국 그분들도 바로 침구실로 안내해 드렸는데 계속해서 남편에게 이렇게 오래 기다리게 할 수 있느냐며 큰소리를 내셨다. 참다못한 남편은 최대한 예의를 갖춰 그럼 앞으로는 집에서 가까운 곳에서 치료받으시는 게 좋겠다고 했다. 어르신들이 가시고 나서 확인해 보니 그동안 남편이 비싼 침 치료를 해도 저렴한 침 비용만 받거나, 그냥 보내기도 했던 분들이어서 안타깝고 씁쓸한 마음이 들었다.

갑질 환자

그 어르신 부부 중 남자 환자분은 중풍으로 우리 한의원에 오셨다가 한약 한번 안 드시고 완쾌했던 분이다. 덕분에 다른 한의원은 절대 안 간다며 입소문도 내주셨고, 남편이 처음 암 선고를 받고 6개월가량 병원을 비웠을 때 하는 수 없이 다른 곳에서 비싼 치료비를 내고 진료를 받아봤지만 소용없었다며 양기호 원장 침이 최고라고 늘 칭찬해 주셨던 분이다.

그랬던 분이 그 소란을 피우고 안 좋게 돌아가시더니 다음날부터 직원들이 근무를 못 할 정도로 전화를 하셨다. 직원들은 어려워서 어찌할 줄 몰랐고, 내가 그분께 계속 사죄를 드렸다. 그 광경을 본 남편도 스트레스를 받았는지 짜증을 냈다.

이틀 뒤인가. 오랜 지인인 보건소 양 계장과 남자 직원 한 사람이 한의원에 와서 신고가 들어왔다고 했다. 그 환자분이 오고 싶어 하는 것 같으니 전화를 한번 드리라길래 오늘도 5분 간격으로 전화가 오고 있다고 했다. 보건소에서 다녀가고 곧바로 그분에게서 전화가 또 왔고 한의원에 오셔서 말씀 나누자고 했지만, 원장이 오지 말라고 하지 않았느냐면서 침 좀 잘 놓는다고 갑질하지 말라며 호통을 치셨다. 이 정도면 도대체 누가 누구에게 갑질을 한다는 건지…….

보건소에서도 다녀가고 여기저기에 신고하신 건 아는데 원장이 몸도 안 좋고 하니 양해 바란다면서 다시 사죄했다. 남편은 용서를 빌고 있는 나를 차갑게 쏘아봤다. 본인한테도 잘못했단 소리 잘 안 하는 내가 남에게 절절매는 모습이 보기 싫었던 모양이다.

나의 선생님

　남편은 하나밖에 없는 내 사랑이자 인생의 선생님이었다. 늘 엄격하게 나를 대하며 올바른 방향으로 이끌어주려고 했다. 잘못해서 넘어졌으면 꼭 반드시 털고 일어나고 같은 실수로 또 넘어지는 어리석은 행동은 하지 않도록 하라고 했고, 책임질 수 있는 말과 행동을 하는 사람이 되라고 하면서 남들 하는 말에 상처받지 말라고 했다. 상처는 시간이 가면 아물고, 상처를 주는 인간들이 항상 더 나쁜 법이라면서. 겉으론 냉정한 척해도 그 사람은 말과 행동으로는 언제나 내 편이 되어줬다.

　아프기 전에도 그는 내가 강하게 살기를 바랐다.

　"내가 너보다 혹시 빨리 죽더라도 잘 극복해라. 세상 누가 뭐래도 양기호가 지켜주고 싶었던 유일한 사람은 너니까. 난 너 믿는다."

　자식들 교육은 오롯이 나에게 맡기고 그 사람은 나를 가르쳤다. 차로 이곳저곳을 함께 다니면서도 늘 화두를 툭 하고 던져 깊게 생각할 수 있게 했다.

마음의 병

며칠 동안 출근해서 진료시간이 끝날 때까지 서로 말 한마디 하지 않았다. 그러던 어느 날 퇴근하며 문을 나서는데 갑자기 그 사람이 소리를 질렀다.

"야! 너 왜 내 몸둥이에 집착하는 거냐? 내가 한의원 원장이라서? 내가 네 앞에서 불로 꼬실라져 버릴란다. 알았어?"

5월부터 우울증에 화병에까지 시달려온 남편은 아픈 몸 안 놓겠다고 발버둥 치는 내 모습이 안쓰럽고 또 미안해서 그 반발심에 더 화를 내고 있었다.

난 아무 말도 못 하고 차에 올라탔고, 그 사람은 혀를 심하게 차면서 골목길을 쌩하게 달렸다. 골목길에선 항상 조심 운전하던 사람이었는데……. 도착할 때까지 우린 아무 말도 하지 않았고, 집에 와서도 침묵을 유지했다. 일 도와주시는 여사님도 집에 가시고 나면 아픈 큰아들이 혹시 소란을 피울까 조심시키느라 신경이 곤두섰다. 그 사람은 언젠가부터 진통제를 하루 한두 알씩 꼭 먹었고, 식욕은 갈수록 없어졌다.

고맙단 말 왜 안 해

남편은 며칠 동안 별말이 없었다. 그러던 어느 날 차가 강변도로에 잠시 정차하자 추억을 더듬듯 말했다.

"우리 아지트 있던 곳이네, 처음부터 너만 바라본……."

'명바라'는 '명희만 바라본다'는 의미로 '보리'와 함께 남편이 나를 부르던 애칭 중 하나였다. 세차게 흘러가는 세월 속에서 나는 그 달달했던 순간까지도 잊고 살고 있었다.

"세상에 나 같은 놈이 어디 있다고……. 넌 왜 나한테 고맙단 말 안 하냐?"

말은 안 했지만, 그 사람은 나에게 자랑스러운 남편이자 인생 선생님이었고, 아이들에게는 자랑스러운 아빠였다. 그 당시에는 그런 사람이 내 곁에서 숨 쉬고 있다는 사실에만 집중했다. 다른 낭만 섞인 생각을 할 수 없을 만큼 하루하루가 긴장되고 바쁘게 흘러갔다.

고맙게 생각하고 있다는 말을 하려던 찰나에 휴대폰 벨이 울려서 받았고, 그 사람은 벌교 쪽으로 차를 세게 몰기 시작했다. 무심코 손잡이를 꽉 쥐는 나를 보더니, 남편이 "너 오래 살고 싶은가 보다. 하긴 너 속물이 다 되었더라. 네 것 따지는 거 보면." 하고 말했다. 어이가 없었던 난 "자기가 해준 거 말고 내가 부모님이나 형제들 것 탐내는 거 본 적 있어?"라고 답했다.

대꾸할 말이 없었던지 그 사람은 잠자코 차를 돌렸고 우린 집으로 돌아왔다. 내가 먼저 집에 들어갔고 아무리 기다려도 남편이 들어오지 않아 아래를 보니 그 사람이 하늘을 올려다보며 천천히 걸어오고 있었다. 그날 남편은 밥 생각이 없다고 했다.

고집쟁이 양기호

다음 날에도 남편은 어김없이 출근 준비를 하고 있었다. 심적으로도 힘들어 보이고 식사도 거의 못 하는 상태였기 때문에 좀 쉬는 게 어떻겠냐고 말을 건넸다. 말을 꺼내기가 무섭게 그 사람은 "너랑 나랑 뭣 하게!" 하면서 쌩하니 한의원으로 혼자 가 버렸다.

유난히 무더웠던 여름, 37kg의 마르디 마른 몸으로 환자 보기를 고집하던 그 사람은 7월 22일 아침 결국 집에서 쓰러졌고, 겨우 정신을 차리고 서둘러 서울대병원으로 향했다. 진료를 받고 다시 집으로 내려왔지만, 곧 다시 서울로 올라가야 했다.

독종 양기호가 서서히 죽음을 향해 가고 있었다. 그때는 몰랐지만……

마지막 만남

8월 3일 다시 서울대병원 응급실로 들어가 114병동에 입원했다. 패혈증이었다. 이 교수는 응급실로 병실로 동에 번쩍 서에 번쩍하며 남편 상태를 체크했다. 의사 둘(남편과 이 교수)은 마지막이 왔음을 예감한 듯보였지만, 나는 그 사람이 절대 죽지 않을 거라고 믿고 있었다. 투병 3년을 넘기니 죽음이라는 단어는 어느새 나에게 낯선 존재가 되어 있었다.

난 남편을 절대 보낼 수 없다고 굳게 마음먹었고, 할 수 있는 검사와 시술은 다 받도록 했지만, 8월 10일 아침 그 사람은 또 쓰러졌다. 병동엔 비상이 걸렸고 이 교수도 한달음에 달려왔다. 패혈증이 올 정도로 자기 몸도 돌보지 않고 일에만 매달렸던 그 사람이 너무나 원망스러웠다. 이렇게 될 때까지 나는 뭘 한 건가. 가슴이 너무 아팠고, 내가 대신 죽어 없어지고만 싶었다.

8월 24일 치료를 마치고 퇴원하던 날 이 교수는 아침 일찍 와서 나에게 주의사항을 일러주며 조심히 가시라고 했다. 그것이 남편과 이 교수의 마지막 만남이었다.

가을에 가고 싶다

술이 떡이 되어도 아침저녁으로 샤워를 잊지 않았던 남편은 점점 씻는 것도 힘에 부쳐 보였다. 몸을 움직이기도 버거워해 퇴원하는 날 친구분에게 부탁을 드렸고, 바로 와주셨다. 남한테 신세 지는 걸 죽기보다 싫어했지만, 이번엔 잠자코 있을 만큼 남편은 많이 약해졌고 지쳐 있었다.

우린 병원 앞에서 차를 기다리고 있었는데, 휠체어를 탄 환자 한 명이 힘들어하는 걸 보고 그 사람이 눈빛으로 도와주라고 해 손으로 밀어줬다. 본인도 휠체어에 의지해야 할 만큼 힘들면서도 어려운 사람을 외면하지 못하는 모습에 난 가슴이 뭉클하면서도 안타까웠다.

차를 기다리던 중에 그 사람이 말했다.

"넌 내가 언제까지 살았으면 좋겠냐?"

"내가 환갑 될 때까지라도."

그 사람이 언제나 '야, 너' 하며 불러서 난 내 환갑이 10년도 넘게 남은 것으로 착각을 했었다.

"그렇게까진 못살 것 같은데……. 여름엔 가기 싫고 가을에 가고 싶다."

휴대폰을 바꾸다

    집으로 돌아온 우리를 여사님이 잘 챙겨주셨다. 지친 우리는 집에서 당분간 쉬기로 했다. 그래도 모든 걸 잘 견디고 집으로 돌아왔다는 안도감에 나는 다음 번에 서울대병원에 가면 CT 결과나 잘 나오면 좋겠다고 했더니 그 사람은 갑자기 의미심장한 질문을 했다.

    "지금껏 살아오면서 네가 제일 좋았을 때 한번 얘기해 봐."

    "자기랑 결혼했을 때가 제일 좋았지. 아픈 아들 낳은 건 내가 미안해."

    "그게 어디 네 잘못이야?"

    "올해에는 애들이 시험이나 잘 보면 좋겠어."

    "자기들 인생이지 뭐. 너 어렸을 때 얘기 좀 해 봐라."

    친정아버지 이야기를 한참 꺼내다 내가 휴대폰을 들여다보니, 휴대폰 중독 아니냐며 뭐라 했고, 난 TV를 잘 안 봐서 그런 거라고 대꾸했다. 남편은 내 대화 태도가 맘에 안 들었는지 내가 갈수록 말이 없어지고 묻는 말에 단답형으로 답한다면서 자기 때문이냐고 물었다. 그리곤 본인 손때 묻은 물건은 잘 안 바꾸는 사람이 주머니에 쏙 들어갈 만한 휴대폰 하나만 새로 해달라고 했다. 바로 휴대폰을 바꿔주며 예쁘다고 했더니 그 사람은 "다음에 너 두 개 다 해."라고 했다.

양기호에 매달려

어느 날 오후 그 사람이 한의원에서 가서 책 한 권을 가져다 달라고 해서 책을 챙겨서 본가에 들러 개밥이랑 닭 사료를 챙겨주고 저녁쯤 돌아왔다. 그런데 남편이 나를 보더니 왜 이렇게 늦었느냐며 갑자기 소리를 질러댔다. 그리고 본가랑 묘지 땅도 조금만 남기고 모두 팔아 버리라며 대성통곡을 했다.

갑작스러운 상황에 겁에 질린 여사님을 집으로 먼저 보내드리고 남편에게 다가갔다. 본가나 묘지 땅 같은 경우에는 그동안 남편이 정리하려고 했지만, 뜻대로 되지 않아 그대로 뒀던 거라서 대수롭지 않게 생각했던 부분이다. 그 사람에게 "외로우니 애들 오라고 할까?" 했더니 필요 없다면서 "너도 별수 없는 여자구나. 호의가 계속되면 권리인 줄 안다더니. 나 돈기호 아니고 양기호야."라고 했다.

상황이 힘들어 그 사람의 외로움이나 슬픔을 보지 못했던 내가 너무나 원망스러웠다. 아픈 사람에게 짜증을 낼 수 없으니 그 사람이 뭘 물어보면 늘 짧게 대답했고, 사랑이라든가 고마운 감정 같은 건 사치라고 느껴져 표현할 엄두를 내지 못했던 거다. 가까운 사람들은 내가 내 부모, 형제, 자식보다 남편 양기호 하나에만 매달려 살았다는 걸 잘 알고 있다.

이젠 내가 다 가르친 것 같아

밤 9시가 넘어 욕실에 들어간 그 사람이 출혈이 있는 것 같다고 해서 병원에 가보자고 했더니 대뜸 "너 개고생 그만 시킬란다!"라면서 또 소리를 질렀다. 난 "개고생은 무슨 개고생이야. 쓸데없는 소리 하지 마."라고 담담하게 답했지만, 속으로는 걱정이 돼 미칠 것만 같았다.

다음 날 아침 먹는 게 힘드니 나 먼저 밥을 먹으라길래 이따가 같이 먹자고 하고선 각자 침대에 누워 있었다. 그렇게 어느 정도 침묵이 흘렀을까. 갑자기 그 사람이 "넌 내가 앞으로 어떻게 살았으면 좋겠냐?" 해서 "베개처럼이라도 옆에 있어 줘"라고 했더니 "그런 삶은 내가 원하는 게 아니야. 그리고 앞으로 네가 잘 살아갈 수 있도록 이젠 내가 다 가르친 것 같아."라고 했다.

습자지처럼 마른 몸을 누인 채 그 사람은 도무지 일어날 생각도 뭘 먹을 생각도 안 했다. 종일 등을 돌려 이불을 덮고 누워 있던 남편에게 난 잠깐 마트에 다녀오겠다고 하고 집을 나섰다.

저녁 7시쯤이 되자 비가 내리기 시작했고 난 집에 돌아왔다. 집에 오자마자 그 사람 상태부터 살폈는데, 남편이 이불 속에서 심하게 떨고 있었다. 열은 43도까지 올라 있었다. 난 너무 놀라 "기호 씨! 기호 씨!" 하며 크게 불렀고, 그 사람은 정말 작은 목소리로 "보리야!"라고 했다.

그 따뜻한 애칭을 다시 들은 게 근 15년 만이었다. 아무것도 하지 말라는 그 사람 말을 무시하고 난 시동생에게 연락했고, 부리나케 달려온 시동생 차를 타고 한 지역 병원 응급실에 도착했다.

이마와 눈에 입술을 대다

응급실에서 나는 이 교수에게 연락했고, 응급의를 통해 그 사람 상태를 알렸다. 두 번째 전화 통화가 끝난 후 그 응급의는 대뜸 "우리가 서울대 아바타입니까?"라고 소리쳤다. 옆에 있던 간호사도 나보고 그만 나가 있으라고 했다.

부장 수녀님은 일찍부터 오셔서 한참 있다가 가셨고, 친하게 지내는 아래층 부부는 내 연락을 받고 와서 빗속에서 몇 시간째 밖에서 기다리다, 전남대병원 응급실로 옮기는 우리를 안타까운 표정으로 배웅해줬다.

전남대병원 응급실 도착 후 응급의가 남편 상태를 꼼꼼히 체크했고, 나에게 그동안 환자에 대해서 이렇게 정확하게 많이 답해준 보호자가 거의 없었다고 했다. 의사가 의사다웠다. 응급의는 인공호흡기를 할 거냐고 물었고, 당연히 하겠다고 했다. 나는 그 사람 이마와 눈에 입술을 대며 계속 사랑한다고 말해주었다. 아주 오랫동안 하지 못했던 그 말을 난 본능처럼 되풀이하고 있었다.

끊임 없이 사랑한다고 하면서 어서 서울대병원에 가자고 했더니, 그 사람은 눈을 빤짝거리며 고개를 끄덕였다. 살고 싶다는 눈빛이었다. 지금껏 한 번도 본 적 없는 의지의 표현이었다. 그때 그 눈빛을 아이들과 남동생도 똑똑히 봤다. 이미 내 정신이 아니었던 난 울며 통곡했다.

기호 간다!

다음 날 아침이 되었지만, 서울대병원에 가는 건 불가능한 상황이었다. 결국 한국병원 황 원장에게 연락해 중환자실로 남편을 옮겼다. 평소 그 사람을 존경하고 형님처럼 모시던 목사님이 오셔서 간절히 기도해 주셨고, 오 교수님도 오셔서 그 사람이 다시 일어나길 염원하고 또 염원해줬다.

지인 몇 분이 다녀간 일요일 오후 면회를 들어간 나와 사촌형님에게 그 사람이 작은 목소리로 힘겹게 말을 했다.

"기호 간다, 명희야!"

너무 작은 목소리라 우리가 혹시 못 알아들었을까 봐 그는 종이와 펜을 달라고 해 '명희, 가! 가!'라고 써주고 손가락 세 개를 힘겹게 들어 보였다.

안녕, 내 사랑

느낌이 좋지 않았던 나는 아침 일찍 황 원장을 만나고 그 사람에게 갔다. 난 꼭 같이 살자며 사랑한다는 말을 무한 반복했고, 그 사람은 눈만 반짝이며 나를 바라봤다. 아침 면회가 끝나고 복도 의자에 앉아 있었는데, 누군가 양 원장님이 호흡기를 떼버렸다고 급하게 말했고, 원 과장이 들어가서 다시 호흡기를 연결했다.

나는 다시 그 사람한테 가서 가지 말라고 왜 그러냐고 하면서 펑펑 울었다. 아무리 울어도 눈물이 멈추지 않았다. 나도 다 알았다. 의식 또렷한 그 사람이 얼마나 힘들었을지. 한의사 중의 한의사였던 그 사람은 이제 떠날 때라는 걸 스스로 분명히 느끼는 듯했다. 영혼 맑은 그 사람은 얼마 전부터 본인의 운명도 예견했을지 모른다.

하지만 나는 보낼 수 없었다. 양기호, 내 남편이 어떤 사람인가. 아픈 몸으로도 나를 철옹성처럼 지켜 주었고, 수많은 고통을 이겨 내며 강인한 정신력으로 기적처럼 내 옆에 있어 줬던 사람이다. 사람에 대한 믿음이나 사랑이 없던 나에게 끝없는 신뢰감과 사랑을 주었지만, 어느 순간 가까이하기엔 너무 멀어졌었던 내 인생 단 하나의 사랑. 미안하고, 사랑하고, 고마웠던 그 사람만 살릴 수 있다면 난 대신 죽을 수도 있었다.

아마도 그 사람은 이 세상에서 나 먼저 보내고 싶지 않아 홀로 먼 길을 떠난 것 같다.

2018년 9월 4일, 그렇게 그는 가버렸다. 내 생각은 항상 건강한지, 영혼은 제자리에 있는지 생각하면서 잘 살다 오라고…….

장례식

아픈 몸으로도 의사로서의 사명을 다했던 한의사 양기호. 세상 누구보다 사랑했던 내 남편을 결코 보낼 수 없어 발버둥 쳤지만, 결국 이렇게 그는 떠나 버리고 말았다. 언제인가 여름보다는 가을에 떠나고 싶다던 그 사람은 하늘이 높아지기 시작한 가을 초입에 먼 길을 떠났다.

뒤늦게 고백한 사랑한단 한마디에 살고 싶어 했고, 이젠 더 살수 없다는 사실을 깨닫고 회한에 젖었던 그 눈빛을 난 죽을 때까지 잊을 수 없다. 마지막까지 애틋한 눈빛으로 나를 바라보던 그 사람은 끝까지 나를 걱정해서였는지 한쪽 눈을 감지 못했고, 혼절하고 정신 차리기를 반복하던 내가 결국 감겨주었다.

정신이 반쯤 나간 상태에서 장례를 치렀다. 많이 베풀고 살았던 그의 죽음을 기리기 위해 많은 분이 찾아주었고, 꼭 오리라 믿었던 사람들도 모두 다녀갔다. 강 원장은 누가 죽었다고 해서 그 죽음을 진심으로 애타 하는 사람이 몇이나 되겠느냐면서 양 원장님이 잘살다 가셔서 이렇게 많은 사람이 슬퍼하는 거라고 나를 위로했다.

연세가 많으셔서 다른 장례식에는 잘 안 가신다는 원로 원장님(백초당, 인촌한의원) 두 분께서도 직접 찾아오셔서 위로의 말씀을 해주셨고, 수생당 원장님도 깊은 애도를 표해 주셨다. 지나 보니 힘든 상황에 눈이 멀고 귀가 막혔던 나는 그 사람이 보냈던 수많은 사인을 알아채지 못하고 준비 없이 그를 보내고 말았다.

어떤 사람들

　내 동생들에게는 존경하고 사랑하는 형부, 매형이 간 거였고, 조카들에게는 사랑하는 외삼촌이 떠난 거였다. 시가의 동생들에게는 세상에서 제일 엄했던 형, 오빠가 떠난 것이었다. 본인의 자존심을 건드리는 사람들에게는 모질게 굴었던 사람이었던 만큼 장례식장에는 마치 잘난 내 남편의 죽음을 확인하러 온 것 같은 사람들도 있었다.

　그 사람이 떠나면서 내 눈은 더 밝게 하고 귀는 열어주고 갔기에 내 눈에는 그런 사람들이 너무나 잘 보였다. 언제나 예의를 중시하고 실수 안 하려고 노력했던 그 사람에게 어떤 사람들은 항상 선을 넘어 무례하게 행동했었고, 내 남편 양기호는 그런 사람들은 용납하지 않았었다. 그 사람은 나에게도 인간관계에서 언제나 예의를 갖추고 일정한 간격을 유지하라고 조언했었다.

감사합니다

장례를 치르고 집에 돌아왔더니 오래 계셨던 경비원 아저씨가 돈 십만 원을 맡겨놓고 가셨다고 했다. 어떻게 아셨을까? 바로 전화를 드렸더니 자식 셋이 모두 경찰이라서 자연스럽게 알게 되었다고 하셨다. 남편이 순천경찰서 행정발전위원으로도 활동했었기 때문에 알려졌던 모양이었다.

정말 너무 안타깝다고 하시면서 앞으로 건강 잘 챙기라고 말씀해주셨고, 며칠 후 또 안부 전화를 주셨다. 진심으로 그의 죽음을 안타까워하는 이들이 있기에 그가 먼 곳에서도 외롭지 않을 것 같다는 생각이 들었다. 위로와 격려의 말씀을 해주신 모든 분에게 감사드린다.

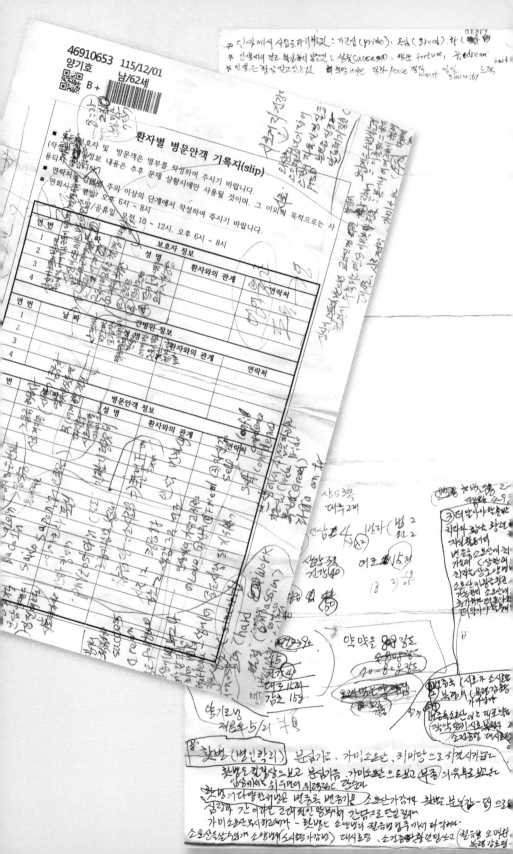

46910653 115/12/01
양기호
남/62세
B+

환자별 병문안객 기록지(slip)

- 모든 보호자 및 방문객은 명부를 작성하여 주시기 바랍니다.
- 정보 내용은 추후 문제 상황시에만 사용될 것이며, 그 이외의 목적으로는 사용되지 않습니다.
- 연락처는 긴급한 주의 이상의 단계에서 작성하여 주시기 바랍니다.
- 면회시간 : 주말/공휴일, 오전 10 ~ 12시, 오후 6시 ~ 8시

연번	날짜	보호자 정보		
1		성 명	환자와의 관계	연락처
2				
3				
4				

연번	날짜	간병인 정보		
1		성 명	환자와의 관계	연락처
2				
3				
4				

연번	날짜	병문안객 정보		
		성 명	환자와의 관계	연락처

소시호탕에 저미
반표반리증(半表半裏症)

15 16 17

22 23 24

29 30

5

14 21 28

7

6 13 20 27

May

우웅실사경감 (우웅)

① Ginsenosid
③ Ginsanosid

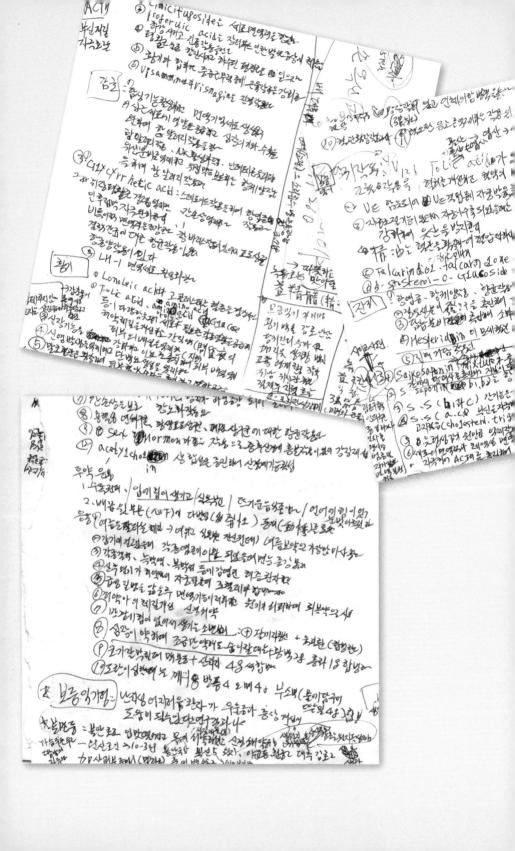

못다 준
사랑만을
기억하리라

불면증이 찾아오다

그 사람이 떠난 후 난 하루하루 슬픔과 고통에 몸부림쳤다. 수면제를 처방받아 먹었지만, 하루 한두 시간 잠들기도 어려웠다. 마시지도 못하는 술을 잔뜩 마셔 토하느라 괴로워하고 있으면, 아이들은 아이들 대로 아빠 잃은 슬픔에 온종일 눈물바다였다.

나만큼 아이들도 가슴 아픈 게 당연했지만, 아이들까지 보듬어줄 여유가 내겐 존재하지 않았다. 내 몸 하나 추스르기도 버거운 현실이 내 귀와 눈을 닫아버렸다. 이유를 알 수 없는 분노가 애꿎은 아이들에게로 향했고, 특히 큰아들에 대한 원망이 가장 컸다.

귀신도 그 사람의 육신과 영혼을 깨끗하게 데리고 가고 싶었는지, 우리 가족 누구도 지난 몇 달 동안 그 사람이 죽음에 가까워지고 있다는 걸 눈치채지 못했다. 그런데 8월에 남편이 서울대병원에 마지막으로 입원했을 때 삼촌과 같이 있었던 큰아들이 갑자기 몇 시간을 대성통곡하면서 서럽게 울었다는 말을 들었고, 뭔지 모를 불안한 예감에 사로잡힌 적이 있었다. 삶과 죽음에 대해서 알리 없는 그 아이가 대체 무엇을 느껴서 그렇게 울었던 걸까.

가족관계부

　장례를 치르고 얼마 지나지 않아 한의원의 전기가 갑자기 나가 버렸다. 아주 오래전에 병원을 열면서 전기 공사도 남편이 손수했었다. 할 수 없이 사람을 불러 고치고, 한 달쯤 지나 눈물을 머금고 사망신고를 했다. 그때부터 정리해야 하는 일들이 줄줄이 생겼는데, 일 처리를 하다가 설상가상으로 가족관계부가 둘로 쪼개져 있는 것을 알게 됐다.

　아버님이 예전에 호적 정리를 하셨는데, 2008년 가족관계부로 변경될 때 문제가 생겼던 거다. 남편이 죽고 나니 아이들이 그냥 동거인으로 되어 있는 것이 아닌가. 그동안 어떻게 키운 내 자식들인데 기가 막힐 노릇이었다.

　딸들에게 생모의 주소를 물어 필요한 서류에 날인하라고 두 번이나 보냈으나 답이 없었고, 나는 재판을 신청할 수밖에 없었다. 재판장에서 아이들의 엄마는 지금 나 하나라면서 서류상으로도 모두 데려올 거라고 말했다.

　그날 난 남편에게 가서 오래도록 서럽게 울었다.

"환자가 환자보다가 그렇게 가더니……. 나 하나만 사랑한 당신이 왜 둘로 쪼개져 있는 거야."

목이 터져라 울부짖었지만 무덤 속 그 사람은 답이 없었다.

49재를 선암사에서 지내다

슬픔은 시간이 갈수록 진해졌다. 남편의 생일이 돌아와 산소에 갔는데, 그동안 누구도 다녀간 흔적이 없었다. 난 막걸리를 한 잔 부어 주며 말했다.

"외로워하지 말아요. 내가 있으니깐."

어느덧 49재가 돌아왔고, 선암사에서 가족만이 참석한 채 조촐하게 치렀다.

어머님 때도 선암사에서 했고 그때는 사람이 너무 많아 대웅전에서 못하고 밖에서 했던 기억이 있는데, 지금은 그 대웅전도 넓어 보인다고 주지스님께 말씀드렸다. 스님은 세속의 인심이 다 그런 거라 하셨고, 양 원장님은 스님이 되었어도 고수가 되었을 거라 하셨다. 공양이 끝난 후 스님은 좋은 인연으로 또 보자고 하셨다. 49재가 끝나고 옷을 갈아입고 바로 그 사람이 있는 산소로 향했다.

평소 4자를 싫어했던 사람인데, 우연의 일치라고 하기에는 너무 많은 4자가 남편의 인생사와 함께했다. 마지막 입원 병동 114, 8월 24일 퇴원, 9월 4일(음력 7월 24일) 임종, 임종 당시 나이 64세,

결혼 생활 24년, 큰아들 나이 24세, 10월 4일 사망신고, 음력 9월 14일 49재까지……. 그리고 4명의 자식을 두고 직계가족 중 4번째로 떠난 그였다.

마지막 열정

얼마 후 난 머리를 짧게 잘랐다. 머리는 그렇게 짧아졌지만, 오히려 그 사람은 내 맘속에 더 깊숙이 파고들어 자리 잡았다.

약을 잘 권하지 않았던 남편은 젊었을 때부터 침 맞으러 오는 환자를 많이 받았다. 한 번은 퇴근 후 녹초가 되어서 들어오더니 사랑하는 우리 보리에게 인침 놔줄 힘도 없다며 농담 아닌 농담을 했고, 나는 기호 씨 환자들이 나한테 고맙다 해야겠다고 받아쳤었다. 늘 그렇게 환자에게 최선을 다했던 사람, 마지막 생명의 불씨가 꺼져갈 때도 그 열정은 절대 꺼지지 않았다.

남편의 편지

난 거의 매일 남편의 산소를 찾았다. 하루는 멍하니 옛 추억을 되새겼고, 하루는 하염없이 눈물만 흘렸다. 어떤 날은 마음속의 분노를 마음껏 표출했다.

"나한테만 반말을 허락했던 양기호 씨! 오늘은 내가 하고 싶은 말 좀 할게! 좋아했던 한라산 없어서 라일락 사 왔으니 한 개비 피워. 등만 보고 살아서 그런 건지 담배 연기에 얼굴도 잘 안 보이네."

맥주 한 캔을 뿌려 주며 나는 말을 계속 이어 갔다.

"언제부터인가 웃어주는 것조차 인색했던 기호 씨……. 내 인생의 선생님이자, 실력 강조하는 한의사였고, 나중에는 나를 진짜 간호사로 만들어 먼 길 떠날 때까지 간병인으로 살았는데, 우리 진짜 부부 맞았던 거야? 너무 도덕적이고 양심적이어서 돈 욕심도 없었고. 살아생전에 내 손 한번 제대로 안 잡아주고 갔으면서 뭐하러 그런 글은 편지로 남겼어! 서로 얼굴 볼 수 있을 때, 손잡을 수 있을 때, 그때 해줬으면 좋았잖아."

안방 책상에 있던 어느 책 속에 그가 남긴 편지를 발견하고 난 또 한 번 크게 무너졌었다. 못다 했던 사랑 고백이 절절하게 배어 있는 편지를 본 후 나는 그리움과 외로움에 사무쳐서 몸을 가누지 못할 정도로 통곡했었다. 날마다 집에 들렀던 남동생은 "매형은 왜 이런 편지를 남겨서 누나를 더 힘들게 하는 거냐."고 원망했다.

보자마자 너무나 흥분한 나머지 갈기갈기 찢어버렸던 그 편지에는 죽음을 앞둔 한 사람으로서의 외로움, 한 남자로서 한 여자를 사랑했던 감정이 고스란히 담겨 있었다.

「나 언제 갈지 모른대. 사랑도 추억도 다 잊고 사는 너를 보니 내가 참 독한 놈이었구나 하는 생각을 했다. 난 그 시절, 우리 사랑 다 품고 살았는데, 넌 내가 널 사랑했던 기억조차 못하더라고. 죽어가는 내 몸뚱이 살리겠다고 작은 몸으로 동분서주하는 모습을 볼 때마다 난 가슴이 미어졌다.

언제부터인가 너는 말 잘 듣는 학생처럼 나를 어렵게 대했지. 아픈 몸으로 너에게 더 큰 짐이 되기 싫어 사랑한단 말은커녕 손 한번 따뜻하게 잡아주지 못해서 너무 미안하다. 어떻게든 날 살려보겠다고 매일 뜬눈으로 지새우는 너를 보며 어느 순간 나는 외로워졌다. 내가 너한테 듣고 싶은 한마디, 또 내가 너에게 늘 해주고 싶었던 한마디도 '사랑해'였다.」

손때 묻은 오래된 책 속에 숨어 있었던 편지를 읽으며, 가끔 그 사람이 옛이야기를 꺼내던 걸 흘려들었던 과거의 나에게 너무나도 화가 났다.

나에게 과분했던 사람

나는 그 사람 몸뚱이 내 곁에 두자고 정작 그 사람 마음은 어루만져 주지 못했다는 자책감에 시달렸다. 겨우 숨을 거두기 직전에야 그간 묻어두고 지냈던 내 사랑을 확인하고 가버렸다. 나만 지독하게 사랑하다 외롭게 간 내 남편 양기호.

내가 그 사람과 더 좋은 미래를 꿈꾸는 동안 그는 육체적 고통을 안으로 삼키고 공기처럼 차분하게 지내며 가족을 두고 멀리 떠날 준비를 했던 것 같다. 바람처럼 가버리고 싶다고 했던 그 사람. 나보다 더 나를 사랑했던 내 남편. 나한테 너무나 과분했던 그 사람이 분에 넘친 사랑만을 남기고 멀리 떠나 버렸다.

명바라 효과

　그 사람이 나를 한창 사랑해 주던 시절 큰아들이 자폐가 되었고, 묵혀 왔던 사랑을 다시 꺼내려 하니 이제는 그 사람이 멀리 가 버렸다고 자책하고 또 자책하는 나를 보며 아이들은 '명바라 효과'라고 했다.

　그 사람은 내가 더 좋은 사람, 정신이 건강한 사람이 될 수 있도록 내가 하는 모든 말을 잘 경청하고 조언해줬다. 선암사 주지스님의 말씀처럼 맑은 영혼의 소유자였던 그 사람은 아픈 이들을 보살피면서 베푸는 삶을 살며, 나에게는 생명의 빛이 되어주기 위해 잠시 이 세상에 머물다 간 게 아니었을까.

공허함을 보다

조 원장이 내 소식을 듣고 연락해 왔다. 친구가 되어줄 테니 날마다라도 연락하지 말고 찾아오라 했다. 쉴 틈 없이 바쁜 사람이라는 걸 뻔히 알기에 난 괜찮다고 몸 생각하며 일하시라 했다.

이 교수도 가끔 연락해 내 안부를 물었고, 수많은 환자와 보호자를 봤어도 우리 같은 부부는 없었다고 하면서 말했다.

"말하지 않아도 느껴지는 두 분의 진실한 사랑을 느꼈습니다. 언젠가 사모님도 가고 저도 가는 법이니 너무 아파하지 마세요."

의사가 신이 아니니 모든 사람을 살릴 수 없고, 그동안 남편을 위해 누구보다도 최선을 다해 줬다는 걸 잘 알면서도 괜스레 이 교수가 원망스러울 때도 있었다. 남편은 이 교수를 보고 늘 "내 동생보다 더 동생 같은 사람이다."라며 아꼈지만, 남편을 보낸 내 마음은 공허하기만 했다.

그 사람의 영혼을 만나다

분노 조절이 안 되고 감정 기복이 심해진 상태에서 아버님 제사가 돌아오고 있었다. 묘소에 가서 간단히 하고 가족들이 안 모이길 바랐는데, 모두 집으로 온다고 하니 썩 내키지 않았다. 난 또 그 사람에게 가서 하소연했다.

"살아선 내가 기호 씨 지시를 따랐지만, 이제 죽었으니 내 지시를 받아! 귀신이 되어서도 내 옆에 있어 줘! 내가 지금 명령한다, 양기호!"

내 부름에 답을 한 것인지 그날 밤 꿈에 남편이 나타났다. 살아생전 마지막으로 입었던 점퍼 차림에 모자까지 쓰고 내 손을 잡고 아버님 묘로 갔다. 꿈을 꾼 다음 날부터 난 그 사람 영혼이 함께 있음을 느꼈다.

아이들에게 아빠가 내 곁에 온 것 같다 했더니, 대체 어디에 있는 거냐며 부산을 떨었다. 나비가 날아다니는 것처럼 허리춤에 머물렀다가 어깨에도 살포시 내려앉는다고 했더니, 혹시 엄마가 대상포진이나 췌장암이 있어서 그걸 아빠가 알려주려는 거 아니냐며 저마다 한마디씩 했다.

　아버님 제삿날이 되고 식구들이 모두 모였지만, 난 안방에서 꼼짝 않고 있었다. 아이들이랑 다른 사람들이 제사 준비를 했고, 큰딸은 여자 셋이서 입을 원피스를 색깔별로 샀다며 한 벌을 가져다줬다. 새 원피스를 입고 그 사람 영정사진만 끌어안고서 그날을 조용히 보냈다.

병든 마음

날이 갈수록 우울증이 심해지자 아이들이 정신의학과에 예약을 했다. 사람들의 안부 연락도 뜸해져 갈 무렵, 난 어쩌다 안부 전화를 해온 사람들마다 붙잡고 "내 남편 그 힘든 몸으로 환자만 열심히 보다가 갔어요."라며 울분을 터트렸다. 그 사람이 선택한 삶이었지만, 난 끊임없이 화가 나고 안타까운 마음을 감출 길이 없었다.

그 사람이 가고 충분히 추모할 시간도 지나지 않았는데, 우리 가족을 향한 여러 가지 소문들이 또다시 슬슬 피어올랐다. 나는 물론 하늘로 간 남편, 내 아버지까지 이 좁은 바닥에서 수많은 사람의 입에 오르내렸다. 감정적으로 매우 불안정한 상태에서 들려오던 잡다한 소문은 파도가 되어 내 귓전을 때렸고, 마음을 병들게 했다.

필요할 때 앞에서 칭찬하던 사람들이 정작 그 사람이 가고 없으니 남은 가족들에게 상처 주는 말을 서슴지 않고 했다. 고통스러운 치료를 견디면서도 환자 한 명 한 명에 기를 쏟아부으며 진료했던 대가가 결국 이런 거였다니. 표리부동한 인간의 속성이 얼마나 무서운지 깨닫게 되었다.

우연히 들었던 어떤 드라마 대사가 너무나 공감되어 옮겨 본다.

"하느님, 저는 자는 사람을 깨울 순 있어도 자는 척하는 사람을 깨울 순 없습니다. 이마에 성수로 십자가 찍어 바른다고 천국 가는 거 아니에요. 마음 편히 죄지으려고 성당 나오는 신도들은 성수로 반신욕해도 천국 못 갑니다."

묻고 싶다

비겁하게 뒤에서 함부로 말하는 사람들에게 묻고 싶다. 당신도 내 남편처럼 한 점 부끄럼 없이 살고 있는지.

내 남편 양기호는 구름 한 점 없는 맑은 하늘처럼 깨끗하게 너무나도 잘 살다 갔다. 성실한 가장으로, 사명감과 책임감 강한 한의사로, 누구보다 강한 정신력을 지녔던 환자로 최선을 다한 삶을 살았다.

훗날 당신의 뒷모습이 어떻게 기록될지 뒤돌아보라고 말하고 싶다.

양기호가 내 남자

　내 삶의 버팀목이었던 그 사람이 떠나고 얼마 되지도 않았는데 벌써 나와 내 가족을 무시하려는 사람들이 있다. 그 사람들에게도 한마디 하고 싶다.

　불행은 예고 없이 닥친다. 당신에게도 충분히 나쁜 일이 생길 수 있다. 오늘 하루도 단지 살아 있다는 것에 만족하며 승자인 것처럼 말하지 말라. 그런 말을 하는 당신도 언젠간 저세상으로 간다는 걸 명심하길.

　남이 함부로 한 말에 내가 상처받는 걸 누구보다도 마음 아파하고 최선을 다해 보호하려 했던 내 남편 양기호. 난 강하다. 대쪽 같은 자존심으로 그 누구에게도 부끄럽지 않은 삶을 살다 간 양기호가 내 남자였다.

동행의 나날들

한의원에서 환자 진료에 매진하며 공부하고 자기 가족 챙기느라 그 사람은 친인척도 자주 만나지 않았다. 남편이나 나나 형제들이 서울에 있어서 보기 힘들었고, 시댁 쪽 사촌은 벌초나 시제 때나 한 번씩 얼굴을 봤다. 그래서 길거리에서 마주쳐도 못 알아보는 친척도 많았다.

되돌아보면 우린 사랑한단 표현은 하지 않았어도 언제나 함께였다. 남편은 어느 곳이든 나를 데리고 다녔다. 드라이브하면서 맘속 깊은 대화를 나누며 인생 공부를 시켜줬고, 전국의 명소는 빠짐없이 찾아다니며 세상 구경도 시켜줬다. 어떨 땐 종일 목적지도 없이 고속도로를 달리다 휴게소에서 밥을 먹고 돌아올 때도 있었다.

소문

2015년에 처음 암 선고를 받고 6개월간 쉬었을 때 여러 가지 소문과 악재에 시달렸었다. 아픈 모습을 내보이고 싶지 않았던 남편은 직계가족 이외에는 정말 가까운 지인에게도 사실을 알리지 않아서 나중에 서운해한 사람도 많았고, 확인되지 않은 말들이 사실인 양 떠돌아다니기도 했다.

무성한 소문은 걷잡을 수 없이 퍼졌다. 어떤 환자는 나중에 와서 "양 원장님이 돌아가셨다는 소문까지 있었으니, 이젠 오랫동안 사실 일만 남았다."라고 하기도 했다. 눈덩이처럼 커지는 소문으로 힘들어하던 내게 남편은 "아픈 몸으로 얼마나 더 지켜줄 수 있을지 모르겠다."고 말하곤 했다. 고통 속에서도 언제나 내 걱정만 했던 그 사람. 하늘 같은 자존심에 상처 입었을 그 사람이 걱정되어 늘 불안했다.

흔들리지 않겠다

어머님이 생전에 말씀하시길 문 열고 들어가면 흉 없는 집 없다고 하시면서 현명하고 슬기롭게 대처해 가며 잘 살면 된다고 하셨다.

내 남편 양기호가 자기 일에 최선을 다하며 꿋꿋하게 지켜준 내 가정, 내 가족이다. 그 누구도 생각 없이 뱉는 말들로 흔들지 않으면 좋겠고, 나도 더는 흔들리지 않을 것이다.

당신이 그리워지는 날

설이 되어도 떡국 먹을 생각도 못 하고 있었는데, 부조금까지 챙겨주셨던 경비 아저씨께서 젤 좋은 거라면서 사과를 보내오셨다. 바로 전화를 드려 감사하다고 말씀드렸더니, 건강 잘 추스르라며 걱정해 주셨다.

얼마 전 아저씨께서 술을 한잔하셨는지 여사님과 함께 전화를 걸어와 "사모님은 저에겐 천사 같은 분이었어요. 친구들이 내 성격에 경비일 오래 못 할 거라고 했는데, 사모님 같은 분이 계셔서 오랫동안 잘했어요."라고 하셨다.

남편은 늘 우리 곁에서 도움 주시는 분들께 잘해야 한다고 잔소리를 하곤 했었다. 명절이면 나보다 먼저 나서서 이것저것 챙겨드리라고 했던 사람이 바로 남편이었다.

'기호 씨 덕분에 내가 천사가 됐네.'

그 사람의 속 깊은 인정이 더 그리워지던 밤이었다.

나만 믿고 따라와

시간이 어느 정도 흘렀어도 슬픔과 그리움은 조금도 사그라지지 않았고, 여전히 집안일에 신경 쓰기가 힘들었다. 그러다 아이들 서류 정리하는 문제로 재판이 있어 갔는데, 두 딸의 생모는 결국 나타나지 않았다. 판사는 둘째 딸이 대학에 갈 때쯤 생모 쪽에서 어떤 사람을 통해 연락을 취한 적이 있는데 거절당했었다고 전했다. 그게 누구인지 알려달라는 질문에는 답해줄 수 없다면서 정해진 날짜에 다시 출석하라고 했다.

그날 휘청거리는 몸으로 남편에게 가 그 사람이 누구였냐고 물었다. 본인 휴대폰도 내가 받게 할 정도로 숨기는 게 없던 사람이었는데, 무엇을 어떻게 숨겨서 내가 지금 이렇게 곤란한 상황을 겪게 하는 거냐며 원망했다.

"살면서 경찰서나 법원은 절대 안 가는 게 좋은 거라면서 왜 내가 이런 일로 법원까지 드나들어야 해."

세상 누구도, 자식까지도 믿지 말라며 자기만 믿고 따라오라던 남편이 그리워서 눈물이 멈추지 않았다.

소중한 가족

그날 밤 내가 뜬눈으로 밤을 지새운 걸 본 큰 딸애가 공부하고 있는 동생한테 연락해서 자초지종을 말했던 모양이다. 둘째 딸아이가 "엄마, 나 대학교 1학년 때 누군가가 이모라면서 전화했길래, 좀 이상해서 내가 얼른 끊었었어. 신경 쓰게 하고 싶지 않아서 엄마, 아빠한테는 말 안 했었고."

나는 그제야 영민한 내 남편이 자기 새끼들 나에게 맡기면서 내가 낳아준 엄마보다 더 친엄마 역할을 할 수 있도록 중간 역할을 잘 해주었다는 걸 깨달았다. 낳았다고 다 엄마는 아니다. 내가 죽어서 흙이 되어도 나타날 자격이 없는 사람이다. 우리 가족은 내 남편과 내가 어떤 어려움에도 굴하지 않고 꿋꿋하게 지켜낸 소중한 가족이었다.

멍순 여사

그 사람이 떠난 후부터 난 순간적으로 머릿속이 하얗게 될 때가 많았다.

혹시 이거 치매 아니냐고 걱정하고 있으니 아이들이 짓궂게 나를 놀리며 걱정하지 말라고 했다.

"엄마 걱정하지 마. 엄마 원래 평상시에도 자주 넋 놓고 있잖아. 우리 멍순 여사!"

최가수

며칠 후 나는 큰딸이랑 예약한 정신의학과 병원에 가서 상담을 받고 약을 타왔다. 며칠 약을 먹어도 슬픔과 분노는 쉬이 사그라지지 않았다.

가끔 혼자 코인노래방에 가서 그 사람이 좋아했던 노래를 부르며 그리움을 달랬다. 요즘 딸들은 나를 최가수라고 부른다. 처음부터 잘 부르는 노래는 아니었는데, 역시 노력하면 안 되는 게 없는가 보다 깨닫게 된다.

운명적 만남

　너무나 도덕적인 삶을 지향했던 그 사람은 원광대 한의예과에 다닐 때도 한참이나 어린 후배가 자기를 많이 좋아했는데도, 이미 본인한테 아이가 둘이 있는 데다가 나이 차가 많은 것도 경우가 아닌 것 같아 손도 한번 안 잡아주고 그 마음을 거절했다고 한다. 그 이후에 어떤 교사와도 연이 닿을 뻔했지만, 결국은 나를 만나 사랑에 빠졌고 다시 결혼을 결심하게 되었다고 했다.

　내가 아이들에게 남편과의 이야기를 들려주면서 아빠가 나를 안 만났으면 안 죽었을지도 모르겠다고 했더니, 아이들은 "그 누구도 엄마처럼 우리를 키울 순 없었을 거야."라고 말해주었다. 난 아이들이 늘 바른 생각과 따뜻한 배려심이 넘치던 아빠를 본받을 수 있도록 많은 신경을 썼고, 아이들은 늘 엄했던 아빠 대신에 사랑으로 감싸줬었던 나에게 고마워했다. 난 아빠가 그동안 훌륭한 삶을 살아오셨기에 너희들이 잘 클 수 있었던 거라고 했다.

국밥

남편은 내가 집에 있을 땐 점심시간에 항상 집으로 전화해 식사 여부를 물었다. 내가 애들 밥 먹었다고 하면 "아니, 너 밥 먹었냐고?" 다시 물었고, 애들이 전화를 받으면 엄마 바꾸라고 해서 식사는 거르지 않는지 꼭 확인했다.

남편은 되도록 내 취향을 존중해 주기 위해서 애썼는데, 또 마냥 참아주기만 한 건 아니었다.

한번은 아침 일찍 같이 건강검진을 마치고 내가 맘에 드는 식당을 찾아 한 시간 넘게 차로 돌아다니다가 남편이 결국 폭발해서 시장에서 국밥 한 그릇을 사주며 "너 얌전히 먹어!"라며 혼을 낸 적도 있다.

이제 조언할 사람이 없다

기억력이 좋았던 나는 한의원에서 직원 교육을 할 때도 환자 이름과 얼굴을 매치해서 기억할 것을 주문했다. 매번 오시는 환자분에게 그때마다 성함을 여쭙는 건 예의가 아닐뿐더러 직원된 도리가 아니라고 생각했다.

껍데기는 껍데기일 뿐 내면을 잘 가꾸는 게 중요하다고 늘 말했던 남편이었지만, 내가 예쁘게 화장하고 멋 부리는 건 참 좋아라 했다. 바쁘다는 핑계로 후줄근하게 하고 다니면 좀 꾸미고 다니라며 핀잔을 줬었다.

이제는 내가 조언할 직원도, 나에게 조언해줄 그 사람도 없다.

빈자리

　지금도 한의원에서 시간을 보내고 있으면, 하루에도 환자 몇 분이 오셔서 위로도 해주시고 함께 울다 가시곤 한다. 유명하다고 해서 다른 병원에도 가보았지만, 양 원장 같은 분은 못 봤다며 눈물짓고 가는 노부부도 있었다. 어떤 환자는 사모님만큼은 아니겠지만, 자신에게도 원장님의 빈자리가 크다고 했다.

　한의원 맞은편 집에 사시는 어르신은 몸이 불편하신데도 박스를 주우러 다니셨다. 그걸 본 남편은 같이 박스를 주워 드리며 한 달에 얼마 버시냐고 여쭙고는 아침에 한의원 직원들과 함께 청소를 좀 도와주시는 게 어떻겠냐고 제안 드려 용돈을 벌게 해드렸다. 그렇게 그 사람은 어려운 이들을 그냥 지나치지 못했다. 내 남편 양기호는 강한 사람에겐 더 강하게, 약한 사람에겐 더 가까이 다가가 공감했던 그런 선한 사람이었다.

사무치는 그리움

우연히 남편이 쓰던 구형 핸드폰에 남겨진 생전 목소리를 듣게
되었던 날, 나는 갑자기 사무치는 그리움에 의식을 잃을 만큼 오열
했고, 잠시 쓰러졌던 나를 그 사람이 웃으며 흔들어 깨웠다.

임종 직전인 8월 서울대병원에서 녹음한 것으로 보이는 20~30
분가량의 녹음 파일에는 죽음을 예감한 듯한 그의 목소리가 담겨
있었다. 남겨질 사람들에 대한 당부 끝에 그 사람은 아이들에게도
말을 남겼다.

"세상에 엄마 같은 사람은 없다."

그 목소리를 듣고 아빠 따라 나도 죽고 싶다고 하니, 둘째 딸은
"핏덩이 때 생모한테 버림받고, 아빠도 죽고 없는데 이제 엄마까지
정신줄 놓으면 어떻게 해." 하며 울부짖었다. 끝을 알 수 없는 아
픔과 슬픔에 서로를 보듬어주기엔 너무나 힘든 하루하루가 그렇게
흘러가고 있었다.

자식 걱정

몇 달째 내가 정신을 놓고 있으니 아이들도 중심을 잡지 못하고 방황하고 있다는 것이 느껴졌다. 아빠 없는 현실을 극복하려면 하루라도 빨리 제 앞길들을 개척해야 하는데, 마음이 아픈 엄마 핑계로 하루하루 낭비하고 있는 모습이 못마땅했다.

하루는 갑자기 너무 화가 나서 작정하고 아이들에게 호통을 쳤다.

"여태 너희들은 아픈 아빠 등에 매달려 공부만 하지 않았냐. 아빤 너희들한테 돈 한 푼, 땅 한 평도 안 남겼어. 물론 법적 지분이 있으니 너희들 몫도 있기야 하겠지. 그게 필요한 거면 지금이라도 가져가! 공부를 열심히 할 계획이라면 내가 뒷바라지는 잘해줄 거고. 아빠 돈으로 절대 호강할 생각 말고 본인들 앞길은 각자 노력해서 개척하도록 해!"

잠자코 듣기만 하던 아이들은 이구동성으로 "우린 엄마만 있으면 되니까 엄마가 아프지 않고 건강하게 잘 지내줬으면 좋겠어."라고 했다.

단 하나의 사랑

　나는 아이들에게 재혼가정이란 말 들어도 상처받지 말고 당당하고 떳떳하게 살라고 늘 말해왔다.

　"아빠가 원해서 이혼한 것도 아니고 너희 잘못도 아니야. 아빠랑 엄마는 서로에게 단 하나의 운명이었는데 조금 늦게 만났을 뿐이지. 아빠는 한의사, 남편, 가장으로서 모두에게 존경받을 만큼 훌륭하게 살다 가셨어. 아빠 명성에 누가 되지 않도록 너희들도 최선을 다해 살아줬으면 좋겠어."

작별인사

　사람들은 말한다. 자식 4명 데리고 먹고살 걱정해야 하면 남편 잃었다고 나처럼 힘들어하고만 있을 수 없다고. 하지만 남편 앞세워 보내보지 않은 사람은 모른다. 돈, 명예, 실력, 가족 모두 놔두고 가는 게 목숨이다. 한순간이다.

　암 말기 중환자이면서도 끝까지 환자를 돌보다 간 전이 되고 패혈증으로 결국 숨을 거둔 내 남편 양기호. 그 사람은 항암치료를 받으면서도 공부를 게을리 하지 않았다. 병원에 입원하면 입원 기록지며, 달력 종이며 가리지 않고 뭔가를 끊임없이 적어가며 공부했다.

　사람들은 양기호가 바보처럼 자기 목숨 소중한 줄 모르고 일만 하다 갔다며 죽은 사람이 제일 불쌍한 법이라고 말한다. 하지만 지독하게 사랑했던 사람의 육신을 태워버린 내 비통한 심정을 그 누가 알 수 있을까? 그 사람 상태가 특별히 안 좋을 때면 선몽이 있어 그런 날은 그 사람에게서 눈을 떼지 않고 지켜봤다. 그런데 정작 먼 길 떠나는 날에는 꿈에서도 작별인사조차 없었고, 그렇게 허망하게 떠날 줄 몰랐다.

힘든 암 투병에 우울증과 화병까지 얻어 이제는 고단한 몸 쉬고 싶다 했던 내 사랑 기호 씨. 그 사람이 떠나고도 숱한 소문은 계속해서 우리 가족을 괴롭혔고, 한 지인은 이곳을 떠나 새로운 곳에 정착하는 건 어떻겠냐고 했다.

남편이 살아생전에도 순천을 떠날까 생각한 적도 있고, 그 사람 먼 길 떠나고 당장 이곳을 벗어나고 싶다는 생각도 잠시 했었다. 하지만 사랑했던 그 사람이 이곳에 잠들어 있고 나도 때 되면 그 사람 곁으로 갈 생각을 하니 굳이 떠나야 할 이유가 없었다.

내 손 잡아주는 대신 오래된 책 속에 사랑의 메시지만 가득 남긴 채 가버린 야속한 사람. 그 사람이 보고 싶은 날이면 난 코인노래방에서 그 사람이 좋아했던 노래 한 소절로 그리움과 슬픔을 삼켰다.

진짜 이별

　시간이 흘러도 그 사람은 계속 내 곁에 있었다. 하루는 동생과 식당엘 갔는데 곁에 있던 그 사람의 기운이 심하게 요동치는 게 느껴졌다. 난 식당에 들어오는 사람을 무심코 봤을 뿐이었다. 그 사람은 두어 번 한의원에 왔던 동창이었고, 그 동창이 가족들과 식사하러 온 거였다. 그 가족들과는 안면도 없던 사이였는데, 남편의 혼이 알아보고 내게 신호를 준 것 같았다.

　며칠 뒤 꿈속에서 아버님과 어머님이 방으로 오셨고, 어머님이 이제는 기호를 그만 놓아주라고, 기호는 여기 없다고 하셨다. 난 다음 날 바로 산소로 달려가 울며 소리쳤다.

　"어머님이 그렇게 아끼던 큰아들 데리고 가시면서 나한테 말 한마디 안 해주시더니 이제 이곳에 없으니 그만 잊으라고요? 어머님 저 진짜 예뻐하고 사랑하신 거 맞나요? 차라리 저랑 아픈 제 아들을 데리고 가시지, 왜 아까운 사람을 데리고 가셨나요?"

　원망스러운 마음에 아무리 울어도 눈물이 멈추지 않았다.

　그날 이후 내 곁에서 더는 그 사람의 기운이 느껴지지 않았다.

이제 진짜로 가버린 걸까. 아이들은 내가 그런 말을 하면 오해를 살 수 있으니 다른 사람들 앞에선 절대 그러지 말라고 했다.

난 스님께 전화를 드려 이제는 정말 그 사람이 간 것 같다고 말씀드렸다. 스님은 좋은 곳으로 가셨을 거라며 걱정하지 말라고 해주셨다.

한의원

　남편이 집보다 오랜 시간을 보냈던 곳이 한의원이었는데, 이상하게도 한의원 어디에서도 그 사람의 기운은 느껴지지 않았다. 그 사람에게 한의원이 전부인 줄 알았었는데……. 아마도 온 정성을 기울여 진료하고 미련 없이 일하다 갔기에 이곳엔 다시는 오기 싫었던 게 아닐까.

　남편이 지어준 약을 먹어오셨던 분이 얼마 전에 오셔서 원장님 처방전을 부탁하시길래 몸 상태는 항상 달라지는 것이니 다른 곳에서 꼭 진맥받고 지어 드시라고 말씀드렸다.

너랑 나랑
진정한
사랑하는 거다

내 인생의 진정한 고수

너무 늦게 만나 너무 빨리 헤어진 우리.

'일생에 한 번은 고수를 만나라'라는 책 제목을 본 적이 있다. 내 인생의 진정한 고수는 내 남편 양기호였다. 스님 말씀대로 좋은 일 많이 하며 훌륭한 삶 살았고, 오로지 나 하나만, 나보다 나를 더 지독하게 사랑하다 갔다.

유난히 따뜻했던 겨울이 끝나갈 무렵, 서류상으로 우리 아이들이 진짜 내게로 왔다. 남편이 없어도 법적으로 완벽한 엄마가 된 것이다. 서류정리가 마무리되던 날, 바로 그 사람에게 가서 말해주고 왔다.

고마운 직원들

완벽주의자였던 남편은 환자를 볼 때 언제나 최선을 다하고 직원들의 실수를 용납하지 않았다. 하지만 직원들의 월급은 항상 제때 정확하게 챙겨주고 직원복지에도 소홀하지 않았던 덕분에 그간 인연을 맺었던 직원들이 남편 장례식장에 많이들 찾아와 애도해 주었다.

멀리서 아이와 함께 와준 예전 직원, 나에게 일을 배우며 오랫동안 함께 있었던 직원들, 일이 서툴러 남편에게 매일 혼이 나고 눈물 마를 날이 없었던 직원까지 모두 와서 슬픔을 함께 나눴다. 진심으로 고맙다는 말을 전하고 싶다.

잊었던 기억

봄기운이 완연해지던 3월의 어느 날 오 교수님이랑 모처럼 전화 통화를 했는데, 남편과의 인생 스토리를 글로 한번 남겨 보라고 말씀해 주셨다. 내가 독서와 글쓰기에 남다른 취미가 있다는 걸 알고 계셨던 오 교수님은 이런 일이 있을 줄 알고 어렸을 때부터 글쓰는 재주를 키웠나 보다고 하셨다.

언젠가 내 어린 시절에 관해 묻던 그 사람에게 갑자기 생각나는 게 없어 미처 답하지 못했던 일이 생각났다. 초등학교 시절 짝꿍이자 반장이었던 남자애가 학년이 올라가면서 같은 반이 되자 또 내 옆에 앉게 해달라고 담임 선생님께 부탁했던 일, 5학년 때 담임 선생님이 내가 만화책 보는 걸 보시더니 토요일 자유학습시간은 만화책 보는 시간으로 만들어 주셨던 일, 졸업식 때 재학생 대표로 송사했던 일, 아주 어렸을 때 할머니랑 둘이 살던 시절 어떤 분이 나를 보시곤 빛나는 사주를 가진 아이라고 했던 일까지……. 그날 밤 난 그 사람 영정사진을 앞에 두고 앉아 너무 오래돼 잊고 지냈던 소소한 일들을 떠올리며 오랫동안 추억에 잠겼다.

위로를 받다

3월 중순쯤 황 원장에게 감사 인사를 하러 찾아갔고, 원장님은 바쁜 와중에도 좋은 이야기를 많이 해줬다. 힘들겠지만 그 사람 생각에서 좀 벗어나 보라며……

얼마 후 큰아들 진료차 서울에 가면서 이 교수를 찾아갔다. 점심시간을 훌쩍 지나서까지 진료를 보던 이 교수는 나를 반갑게 맞았고, 시간이 없어 10분 정도 이야기를 나누고 헤어져 아이 병원에 도착했을 무렵 이 교수가 전화를 해왔다. 차 한잔도 대접 못 하고 보내서 너무 죄송하다며 조심해서 가시라고 했다.

여동생을 먼저 보낸 아픔이 있던 서울의료원 최진숙 과장님은 내 마음을 누구보다 잘 이해해줬고 항상 따뜻하게 다독여줬다. 과장님은 사랑하는 사람을 먼저 보낸 걸 자책하는 대신 그 슬픈 감정을 차곡차곡 일기 쓰듯 써보시라며 용기를 북돋워 줬다.

후회

　민원이 접수되면 확인차 나와 봐야 했던 보건소 양 계장도 남편과 나에게 미안해하고 마음 아파했다. 훌륭한 인품에다 실력도 출중하셨던 원장님이 후학 양성도 못 하시고 이렇게 빨리 가셔서 너무 안타깝다고 했다.

　차 교수님 사모님인 윤 여사님은 나와 함께 그 사람 산소에 가주셨다. 한의학계에서 너무나도 아까운 인재를 잃었다고 하시면서 위로도 많이 해주셨다. 그 사람과 살면서 집에서는 '사랑과 전쟁' 드라마 찍고, 아프고 나서는 순애보 가득한 다큐까지 찍었지만, 둘 다 뜨거운 사랑은 가슴에 묻고 살았던 게 너무나 후회된다고 말씀드렸다.

　윤 여사님은 왜 그렇게 바보같이 아까운 세월을 의미 없이 보냈냐고 하셨다. 마음속엔 너무나 큰 사랑이 있었지만 그 사랑을 표현하지 못했고, 그럴 여유도 없었다고 답했다. 그리고 그 사람은 그 지독한 사랑으로 자기 몸을 불태우고 가버린 것 같다고 했다.

인성이 먼저다

두 딸은 임용고시, 공무원 시험을 열심히 준비했지만 아쉽게도 낙방의 고배를 마셨다. 어느 날 애들 삼촌이 "형은 동생들한테는 그렇게 엄하게 했으면서 왜 자기 자식들한테는 모질지 못했대요?" 라길래 "우리 애들 인성은 서울대급이예요. 공부 잘하고 못하고는 다 본인이 하기 나름이라고 형님도 애들 스스로 하게끔 내버려 두라고 했었어요. 지금 다들 열심히 하고 있으니 언젠가 좋은 결과 있겠죠."라고 답했다.

공부 잘하고 똑똑하게 인생 사는 것도 중요하지만, 더 중요한 것은 인성이라고 생각한다. 남편이 암 투병 중에 응급 상황이 생기면 지역 응급실을 찾곤 했었는데, 거기서 만난 응급의들을 통해서 그런 생각은 더 확실해졌다.

몸이 너무 힘들어 밤늦게 온 남편에게 어떤 응급의는 신속한 진료 대신 다음 날 낮에 혈액종양학과로 가볼 것을 권유했다. 남편은 퇴근하려고 문 앞에서 신발을 신다가도 환자가 오면 묻지도 따지지도 않고 진료를 봤다. 그 사람은 아픈 환자를 돌보는 데에는 밤

낮이 없다고 생각했다.

　임종하기 며칠 전 응급 상황에 찾았던 병원의 응급의는 서울대병원 이 교수와의 통화를 거듭 요청하자 자기네가 서울대 아바타냐며 화를 냈었다. 그 순간 무엇보다 중요한 건 사람의 생명이 아니었을까. 만약 본인의 가족이 그런 상황이었어도 그런 말을 할 수 있었을지 궁금하다. 그 순간 내가 느꼈을 절망을 아느냐고, 당신과 가족의 생명은 영원할 것 같냐고 묻고 싶다.

생로병사

꽃은 피었다 지더라도 내년 봄에 다시 필 수 있고, 나무들도 겨우내 헐벗었던 옷을 봄이면 늘 다시 차려입는다. 하지만 인간의 생명은 영원하지 않다. 누구도 피할 수 없는 것이 생로병사다.

우리 남편 양기호가 벽을 짚고 설 수밖에 없다 하더라도 곁에 있었으면 하는 내 절절한 심정을 그 누가 알까.

좋은 환자와 좋은 의사

의사의 인성도 중요하지만, 환자들의 인성 또한 그에 못지않게 중요하다. 여러 가지 보험을 잔뜩 들어놓고 병원을 전전하는 사람도 많아졌고, 국민 대다수가 건강보험 혜택을 받으니 가벼운 병에도 대학병원이나 상급 종합병원을 찾는 경우가 많은 데다가 환자 갑질도 늘고 있다.

응급실이나 119구급대는 정말 응급 시 이용하고, 응급실에서 난동을 부리고 의사를 위협하는 일도 없어져야 한다. 서울대병원 응급실에서도 의사에게 소리를 지르며 멱살까지 잡는 환자를 본 적이 있다. 이런 일들이 진짜 인성 좋은 의사도 변하게 할 수 있다고 생각한다. 때에 따라서는 좋은 환자가 좋은 의사를 만들기도 한다.

스트레스

얼마 전 필요한 서류가 있어 주민센터에 들러서 신청했더니 그 사람 것은 뗄 수 없다고 했다. 한쪽 배우자가 먼저 간 것도 혼인 파탄의 책임이 있는 것으로 되어 있어서 자녀가 직접 신청하거나, 자녀의 신분증과 도장이 필요하다고 했다.

생각지도 못했던 사실에 난 다시 분노에 휩싸였고, 직원에게 "그럼 죽은 사람 무덤에서 데리고 올게요!"라며 화를 내고 나와 버렸다.

그 길로 난 또 그 사람 산소로 찾아갔다. 3년을 그렇게 아프다 일찍 내 곁을 떠난 것도 모자라서 죽어서까지 나를 괴롭히는 거냐고 하소연하면서 펑펑 울었다. 아직도 당신의 죽음을 받아들이기 힘드니 제발 곁에서 나를 지켜봐 달라 빌고서 돌아왔다.

며칠 후 주민센터에 들러 담당 직원에게 사과했고, 다행히 사과를 받아주셨다. 서비스를 제공하는 곳은 이렇게 감정노동으로 인한 스트레스가 많은 게 사실이다.

한의원에도 전국에서 찾아온 다양한 환자들이 있었고, 24년간

병원을 운영하며 그 사람도 크고 작은 스트레스에 시달렸었다. 지인들과 술 한잔하는 것이 유일한 낙이었던 그 사람은 굵고 짧게 열정을 불태우며 일하다 떠났다.

반짝이는 별처럼 남편이 늘 곁에 있어요

큰딸과 정신의학과 병원을 다시 방문했고, 처방받은 약은 안 먹은 지 좀 되었다고 말했다. 약을 안 먹고 지내니 아이들은 내 상태가 좋아진 거라고 생각했지만, 반드시 그런 것만은 아니었다. 약을 안 먹고 스스로 이겨내고 싶은 욕심이 있었다.

나는 의사 선생님에게 이렇게 말하며 진료실을 나왔다.

"저는 아직 가장이 될 자신도 용기도 없는데 할 수 없이 가족을 책임져야 하는 상황이 되었어요. 하지만 이제 누구도 원망하지 않고 스스로 일어서 보려고 해요. 남편을 잊기에는 아직 시간이 더 필요해요. 그래서 언제 어디서나 함께 한다고 생각하며 살아가려고요."

그 사람이 풀지 못한 숙제를 하며 기다리다 언제든 그 사람에게 갈 수 있다고 생각하기로 했다. 생각대로 살지 않으면 사는 대로 생각하게 된다고 하니 내겐 나름의 다짐이 필요했다.

보호자 호출에 진료실에 들어간 큰딸이 상담을 마치고 나왔고, 큰딸은 나에게 의사 선생님의 말씀을 전해주었다.

"어머님이 혹시나 술을 마시게 되면 우울증이 지금보다 더 심해질 수 있으니 주의가 필요합니다."

의사 선생님은 우울증 치료를 6개월 이상 예상했는데, 생각보다 더 빨리 좋아진 것 같아 오히려 더 걱정하시는 듯했다.

마음의 빛

　남편의 스토리를 글로 쓰기 시작하면서 난 아이들에게 세상에서 가장 큰 선물은 자신에게 기회를 주는 삶이라는 말을 해주었다. 누구에게도 부끄럽지 않은 훌륭한 인생을 살다 간 아빠처럼 한 번뿐인 인생 정말 열심히 계획하고 잘 살아보라고, 엄마가 최선을 다해 지켜주고 도와주겠다고 했다.

　먼 길 떠나기 얼마 전 남편이 그랬다.

　"내가 가고 나면 진정으로 너만 생각하는 사람으로 채워질 거다. 너랑 나랑 같이 알았던 사람이거나 너 먼저 알았던 사람이건 간에……. 그리고 넌 누가 뭐래도 나 양기호가 사랑했고 지켜주고 싶었던 유일한 사람이었다."

　요즘 내가 많이 의지하고 있는 사람은 아래층에 사는 내 후배이다. 아직도 내가 학교 선배인 줄도 모르고 사모님, 사모님하며 늘 따뜻하게 대해주며 잘 따르고 있다. 언젠가는 내가 갚아야 할 마음의 빛을 지고 있는 사람이다.

벚꽃 때문에 눈이 부셨다

지난 겨울은 유난히 따뜻했고 봄도 다른 때보다도 빨리 찾아왔다. 우리가 함께 자주 걸었던 강변, 집 뒷산은 올해도 어김없이 흐드러지게 핀 벚꽃으로 눈이 부셨다. 하얀 팝콘처럼 활짝 만개한 벚꽃은 나를 더욱더 슬프게 해 차마 가까이 다가가 볼 수 없었다.

봄이면 뒷산에서 냉이랑 쑥, 달래, 머위 같은 걸 캐 조물조물 무쳐 식탁에 올렸었는데, 뒷산에 마지막으로 오른 지도 한참이 지났다. 한의원 앞에 있는 철쭉과 동백도 유난히 더 빨간빛으로 물들어 시선을 사로잡았다.

봄가을로 꽃이 피거나 단풍이 들면 멋진 풍경을 찾아 드라이브하며 양 기사를 자처했던 내 사랑 기호 씨.

오늘따라 너무 보고 싶고 그립습니다.

예감

　최근에 왠지 느낌이 좋지 않아 남동생에게 아무래도 집에 힘든 일이 생길 것 같다고 한 적이 있다. 아니나 다를까 친정집에 꽤 힘든 일이 닥쳤고, 내 말을 농담처럼 흘려 버렸던 동생은 "누나 이제 점집 차려도 되겠다."고 했다. 난 그 또한 금방 지나갈 거라며 상심해 있는 동생을 위로했다.

　남편이 떠난 후 그 혼이 나와 함께 숨 쉬면서 내 촉은 더 예리해졌고, 사람과 상황을 보는 눈은 더 밝아졌다. 어쩌면 그 사람은 나를 위해 살다가 나를 위해 간 건지도 모르겠다는 생각이 들었다.

슬픔은 나누면 반이 아니다

어느 순간 난 슬픔은 나누면 반으로 줄어드는 게 아니고, 다른 사람에게 부담되고 짐이 될 수도 있다는 걸 깨달았다. 나의 심정을 100% 알 수 없는 사람들에겐 죽은 영혼 붙들고 있는 내가 불편하게 느껴질 수 있는 거다.

슬픔, 고통, 절망은 오롯이 내가 감내해야 할 내 몫이란 걸 깨달은 후 이제는 남에게 쉬이 슬픔을 내보이지 않으려 노력하고 있다. 남편도 나에게 항상 적당히 살라고 했었다.

"보리야! 사람은 언제나 깨끗하게 살면서 남들한테는 항상 자신을 반만 드러내고 사는 게 좋다. 그 중간지점을 찾는 게 참 힘든 일이지만 뭐든 딱 중간만 하는 게 최고 현명한 일이라는 걸 명심해."

비 오는 날

아주 오래전 흰 눈이 소담스럽게 내리던 날, 난 남편에게 눈이 올 땐 이렇게 예쁜데 눈이 그치면 땅이 질척거려 싫다고 했다. 또 비가 오면 마음마저 젖어 울적해질 때도 있었지만, 이젠 비가 와도 외롭지 않은 건 기호 씨가 내 곁에 있어서인 것 같다고 말했다. 그 얘기를 들은 남편은 비 내리는 날은 나와 막걸리 한잔을 나눌 수 있어서 좋다 했다.

요즘 봄비는 봄비 같지 않게 요란하게 내린다. 마치 그 사람이 대지를 흔들어대면서 생명을 깨우듯⋯⋯. 봄비가 촉촉하게 땅을 적시면 "이제 만물이 생동하는 계절이 왔구나"라며 나지막하게 읊조리던 기호 씨.

그 사람 가고 없는 이 봄. 천지에 피어오른 오색 찬란한 생명을 보며 더 큰 슬픔에 빠져든다.

무소의 뿔처럼

언제까지고 함께 할 것만 같았던 내 사랑은 떠나고 없지만, 오늘도 난 그 사람이 곁에서 지켜 줄 거라고 믿으며 아침을 맞는다. 아픈 등에 매달려서라도 오로지 의지하려 했던 나를 내려놓고 이제는 무소의 뿔처럼 혼자 가보려고 한다. 남편이 내게 일러준 대로 하루하루 당당하게 그리고 열심히 살아간다면 그리 힘들고 긴 여정은 아니리라.

내 인생의 확실한 터닝포인트였던 내 남편 양기호는 "명바라! 난 먹고 똥 싼 거 얘기 안 한다. 죽은 자식 불알 만지기다."라고 말했다. 서울서 힘든 항암치료를 마치고 순천에 내려와서도 다음 날 바로 출근해 쉼 없이 환자 진료에 열정을 불태웠던 진정한 의사. 그러한 투철한 사명감과 자존심이 오히려 그 사람을 더 빨리 저세상으로 떠나게 했던 건 아니었을까.

떠난 뒤에야 안 것들

3년간의 암 투병에 광대뼈가 드러날 정도로 야위고 휘청거리는 몸으로도 마지막 기운을 끌어모아 환자 치료에만 열중했던 그 사람. 몸을 아끼지 않고 일에 매진했던 남편은 결국 운명을 이기지 못하고 생사를 달리했다.

아마도 충분한 휴식을 취하며 몸을 돌봤더라면, 조금 더 오랫동안 함께 하며 더 많은 환자를 보고, 좋은 일도 더 많이 할 수 있었을 거다. 자기가 사랑하는 여자를 고생시킨다는 자책감 때문에 우울증과 화병이 왔다는 건 뒤늦게 알았다.

'보리야', '명바라'……. 자신이 붙여준 애칭도 오랫동안 불러주지 않고, 선생님이 학생 가르치듯 교육만 철저히 하고, 아픈 이후로는 의사와 간호사 같은 협력 관계를 강조했던 그 사람.

그 때문에 난 남편을 점점 어려워했고, 늘 그 앞에선 작아졌으며, 쓸데없는 감정 표현은 최대한 자제했었다. 하지만 그런 나로 인해 남편이 더 외롭고 힘들었다는 건 그 사람이 가고 난 뒤에야 안 사실이었다.

삶에 대한 희망

사소한 감정 표현에도 인색해진 나 때문에 그 사람은 아마도 외로움과 고통을 홀로 감내하느라 지쳐 갔으리라. 우울증이 온 것 같다고 했을 땐 이미 삶에 대한 희망을 버린 건 아니었을까.

암 환자에겐 사랑표현도, 웃음도 최고의 치료법이 된다는 걸 그때는 미처 깨닫지 못했다. 그 사람은 일과 공부에 몰두하느라 잊었고, 난 그 사람 등만 보며 혹시 먼 길 떠나지 않을까 전전긍긍하느라 생각지 못했다. 연애 시절 그 사람이 늦은 것에 화가 나 뾰족한 힐을 신은 발로 정강이를 차도 그저 미안하다며 봐준 기호 씨가 한없이 너그럽고 자상한 남자였다는 걸 한동안 잊고 지낸 내가 원망스러웠다.

웃는 거 잊었어

한창 항암치료를 받느라 입원했던 어느 날 그 사람이 문득 나에게 물었다.

"너 왜 내 눈치만 보고, 내 앞에선 웃지도 않냐? 웃는 것도 잊어버렸어?"

언제나 맘 졸이며 병간호하느라 어느덧 감정이 메말라 버린 내 모습이 낯설고 못마땅했던 모양이었다.

남편은 아프면서도 내 부탁을 단 한번도 거절한 적이 없었고 내가 고집 피워 안 된 게 없었지만, 한의원에 나가지 말라는 말은 쉽게 할 수 없었다. 그때는 아픈 그 사람이 한의사로서 자존심을 지켜야 병을 이기는 데 더 도움이 될 거라고 생각했다. 숟가락 들 힘만 있어도 환자 치료를 하겠다고 입버릇처럼 말했던 사람이니까……

하트 표시

그 사람은 사랑도 일도 지독하게 하고 갔다.

"보리야! 명바라!"하며 "사랑엔 분명한 책임이 따른다. 내가 널 끝까지 지켜 줄게" 했던 그 사람. "너랑 나랑 진정한 사랑하는 거다." 했던 그 사람이 내 곁을 너무 빨리 떠나버렸다. 이 세상 딱 하나뿐이었던 내 사랑 양기호.

그 사람 휴대폰에는 형제건 자식이건 간에 모든 사람이 이름 석 자로만 저장되어 있었지만, 나만은 '초이 명보리'라는 애칭에 하트 표시까지 덧붙여 저장되어 있었다. 내 기를 죽여가며 나를 가르치긴 했어도, 남이 내 기를 누르면 절대 참지 않았던 사람이 바로 내 남자 양기호였다.

우리 좀 따로 살아 볼까

소녀 감성 풍부한 나를 좋아했던 그 사람. 언제까지나 나를 "너! 보리야! 명바라!"라고 불러야 하는데 할머니 되는 내 모습을 차마 볼 수 없어 이렇게 빨리 간 것 같다. 아마 그 사람은 내가 늙어서 아파하는 모습도 보기 싫어했을 거다.

오래전 우리 사이에 갈등이 생겼을 때의 일이다. 그 사람이 조금이라도 스트레스를 덜 받았으면 하는 마음에 "우리 좀 따로 살아 볼까?" 하고 물었더니 "그럼 난 너한테 모든 거 다 주고, 딱 1천만 원만 들고 나가 절에 들어가든가 죽을 때까지 혼자 살란다."라고 했었다.

사랑이라는 단어를 좋아했던 그 사람은 아이들에게 '엄마만 사랑했던 아빠, 아빠만 사랑했던 엄마'라고 자주 이야기해줬다. 또 아이들에게는 책임과 의무를 다한 아빠였다. 그런 아빠의 사랑이 그리울 만도 한데 다행히도 아이들은 아빠의 빈자리를 잘 견디고 있다.

우울증과 화병으로 힘들었던 남편은 자기 목숨을 그냥 나에게 던져버리고 싶었던 것 같다. 비록 많이 아픈 몸이라도 언제까지나 내 곁에서 나를 지켜주고 싶었지만, 더는 견디지 못하고 죽어서라도 나를 지켜주기 위해 가버린 건 아닐까.

희망의 끈

　아프고 힘든 사람들에게는 당장 오늘 하루가 버거울 수 있다. 그렇지만 희망의 끈을 절대 놓지 말라고 말해주고 싶다. 환자와 그 가족에겐 사랑과 웃음이 서로에게 특효약이라는 사실을 잊지 말고 곁에 있을 때 사랑한다는 말을 한 번이라도 더 해주면 좋겠다. 그리고 가슴 속에 있는 사랑을 있는 그대로 표현하기를 바란다.

　언제나 끝은 온다. 그게 좋은 끝이든 나쁜 끝이든······.

　가장 사랑하는 사람을 잃고 나서 죽음도 친구처럼 가깝게 생각하며 하루를 정리하는 습관이 생겼다. 수많은 밤을 함께 하며 그 사람과 맞이했던 아침은 얼마나 찬란했던가 추억하면서······.

서글픔

며칠 전부터 심한 몸살감기를 앓고 있다. 내가 아플 땐 본인이 아픈 것보다 더 아파했던 그 사람. 항상 내 걱정을 더 많이 했던 그 사람이 오늘따라 더 보고 싶다. 내 세상의 전부였던 내 사랑 기호 씨.

보고 싶을 땐 언제든 그 사람 묘소로 달려가는 내게 어떤 사람들은 죽은 사람이 뭘 아냐고 말하곤 한다. 주어진 삶에 열심히 최선을 다했고 많이 베풀고 잘 살다간 사람이지만, 죽었다는 이유 하나로 사람들의 기억 속에서 빠르게 사라져 가고 있다. 그저 죽은 자와 산 자로 나뉘는 현실이 너무나 서글프다.

들꽃

오늘 오랜만에 그 사람에게 다녀왔는데 보라색 좋아했던 아버님 묘엔 제비꽃이, 한층 좋아하시던 어머님 묘엔 하얀 들꽃이 예쁘게 피어 나를 반겼다. 작년 가을엔 구절초가 한가득 피었었는데······.

아마도 들꽃 좋아해 안사람을 데리고 전국을 누볐던 아들 보러 온 며느리가 애잔해서 꽃이라도 많이 보고 가라며 준비해 놓으셨던 것 같다.

처음 맞는 봄

짧은 봄이 지나갈 무렵 가로수들도 재빨리 푸른 옷으로 갈아입었다. 싱그러운 신록의 계절, 5월은 언제부터인가 나에게는 절망의 계절이 되었다. 암 투병하던 3년간 5월에 유독 그 사람이 더 많이 아팠기 때문이다.

이 봄이 더 잔인하게 느껴지는 건 사랑하는 사람을 보낸 후 처음 맞는 봄이라 그러리라. 앞으로도 수많은 계절을 그 사람 없이 보내야 한다는 사실이 아직도 믿기지 않는다.

그 사람이 보고 싶으면 한의원이나 그 사람 쉬고 있는 묘소에 가서 오랫동안 사색하고 얘기를 나누다 온다. 영정사진은 닳아 빠지고 액자도 진즉에 깨졌다. 대답 없는 그 사람을 오늘도 몇 번씩이나 불러봤다.

과부

얼마 전에 일찍 혼자 되신 분과 대화를 하던 중 그분이 "모임에서 어떤 남자가 과부가 제일 쉽다고 말하대." 하시길래 "그런 몰상식한 사람은 과부들한테 몰매를 한번 맞아봐야 해요. 자기가 죽어서 자기 마누라가 제일 쉬운 여자로 불려도 좋다는 건가요. 앞으론 그런 자리에서는 꼭 휴대폰 녹음 기능 켜서 증거 다 남겨 놓으세요."라고 말해드렸다.

너무 보고 싶은 내 사랑

너무 보고 싶은 내 사랑. 아직 젊었던 시절 퇴근길에 전화해 "명
바라, 보리야! 기바리랑 막바리 한잔하게 주안상 준비해 둬" 했던
다정한 사람.

그 사람이 실력을 인정받고 환자가 늘수록 좁은 바닥에서 시기
질투하는 사람도 더 많아졌다. 그럴수록 남편은 더 열심히 공부해
실력을 쌓았다. 인정받는 의사로 살다 가면 그 누구도 우리 가족을
쉽게 무시할 수 없을 거라고 생각했기 때문이다.

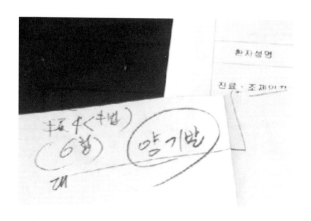

아까운 사람이 갔다. 남편에게 진료를 받았던 환자들은 순천에만 있기에는 너무나 아까운 명의라며 입을 모아 칭찬했었다. 생의 마지막 순간까지도 남은 기운을 모아 환자를 봤던 천생 의사였다.

언젠가는 모두가 알 거다. 더 많은 사람을 위해 더 좋은 일을 할 수 있었던 아까운 사람이 떠났다는 걸 반드시 느끼는 날이 올 것이다.

맑은 바람이 되다

아파트 베란다에 그 사람이 심어둔 꽃들은 활짝 피어났지만, 그 사람은 아팠던 몸 내려놓고 한 줌의 재가 되었다.

의사는 장사꾼이 아니라면서, 의사라면 열심히 실력을 쌓아 환자를 내 몸같이 돌봐줘야 한다고 했던 진정한 명의 양기호. 불꽃 같은 삶을 살다 간 그는 그를 옥죄는 모든 것을 털어내고 바다든, 산이든, 갈대밭이든 자유롭게 누비는 맑은 바람이 되었다.

전하지 못한
진심

"처음부터 너만 바라본, 세상에 나 같
은 놈이 어디 있냐. 너 왜 나한테 고맙단 말 안 하냐?"는 질문에 왜
진작 답을 해주지 못했을까요.

내 인생 단 하나의 운명인 기호 씨를 만나 진정한 사랑이 뭔지,
행복이 뭔지 알았습니다.

존경할 수 있는 한의사, 책임감 강한 아빠, 내 마음을 가장 잘
알아주는 남편으로서 너무나 훌륭한 삶 살다 간 당신에게 미안하
고, 사랑하고, 고맙다는 말 꼭 전하고 싶습니다.

누군가는 말할지 모릅니다. 일기는 일기장에 쓰는 것으로 충분
하지 않냐고…….

굳이 책으로 아픈 상처를 드러내는 일이 잘한 일이냐고.

하지만 단 한 명의 독자라도 우리의 이야기를 통해 감동할 수 있다고 한다면, 누구보다 불꽃 같은 삶을 살다 간 남편의 이야기를 한 치의 거짓 없는 글로 전하고 싶었습니다.

마지막으로 늘 "그 누구도 아닌 네가 있어 다행이다."라고 말해 줬던 내 사랑 양기호 씨 영전에 이 책을 바치고 싶습니다.

| Special Thanks To |

　　망설이던 저에게 책을 써보라며 용기를 주셨던 순천청암대학교 오미성 교수님, 서울대병원 이상협 교수님, 서울의료원 최진숙 과장님, 순천대학교 차성의 교수님과 윤희옥 여사님께 진심으로 감사의 말씀을 전합니다.

　　또 제 남편의 영혼을 위로해 주시고 제 상처 어루만져 주신 염광교회 정은석 목사님, 선암사 호명 주지스님, 승범 스님 그리고 멀리서 기도해 주신 조그라시아 수녀님께 진심으로 감사드립니다.

오늘은 당신이 참
보고 싶은 날이네요

초판 1쇄 인쇄 ㅣ 2020년 9월 20일
초판 3쇄 발행 ㅣ 2020년 10월 06일

지은이 ㅣ 보리
펴낸이 ㅣ 최화숙
편 집 ㅣ 유창언
펴낸곳 ㅣ **아마존북스**

등록번호 ㅣ 제1994-000059호
출판등록 ㅣ 1994. 06. 09

주소 ㅣ 서울시 마포구 성미산로2길 33(서교동) 202호
전화 ㅣ 02)335-7353~4
팩스 ㅣ 02)325-4305
이메일 ㅣ pub95@hanmail.net ㅣ pub95@naver.com

ⓒ 보리 2020
ISBN 979-89-5775-251-7 03810
값 15,000원